店じまい

石田 千

白水社

店じまい

◎目次

好物 ―― 5
お絵かき坂 ―― 15
リボン七〇センチ ―― 23
さよならおでん ―― 32
ボブとミッキー ―― 40
めんこいね ―― 49
ひとそろいの湯 ―― 59
夏のにおい ―― 67
角に立つ ―― 75
受け身の音色 ―― 83
ふとんやの犬 ―― 91
まっしろな嘘 ―― 99
われない割れもの ―― 107

いちどの味噌味 —— 115
犬と自転車 —— 123
けしの花咲くころ —— 135
願かけどうふ —— 144
東京の角打ち —— 151
まっかなドレス —— 158
水いろの傘 —— 166
神楽坂のあんぱん —— 174
提灯千秋楽 —— 180
壺のゆくえ —— 188
あかい鼻緒 —— 199
坂なか書店 —— 207
バイバイハイボール —— 214
文字の母 —— 222
あとがき —— 233

装幀・カバー装画　唐仁原教久
デザイン　大嶋貴子（ＨＢカンパニー）

好物

吹雪にかこまれ、年を越えた。

両親の住む海ぞいの町は、風が強く、東北でも雪がつもらない。この冬のような大雪は、もどってから二十年こちら、はじめてのことと、父がいう。

まず降りはじめが、ひと月はやかった。気温があがらず、初雪がそのまま根雪となる。すこしの晴れ間は、粉雪をやわらかくするいとまもなく、ねずみいろの雲にまるめこまれる。

夕方の窓には、V字にいく白鳥が見える。

シベリアからはるばる目指してきた平野の田畑は、あてがはずれてたっぷりとしろかった。あの長いくちばしでも、掘るのはむずかしい。しかたなく、河口のえさ場にあつまって、世話をしてくれるひとの足音を気にしているしかないのだった。

暮れて風が強くなると、降りようはまた密になって、地をはじく。したから巻きあがり、水平に吹き散る。いきおい地吹雪となっていくのを、ガラスごしに見入るうち、あたらしい年になっていた。

深夜に風がやむと、雪は往来の音を吸いはじめる。仏壇のまえに布団をしいて、無音につつまれると、よく眠れた。食事どきのほかは、なにをするでもない一週間だった。

この町には、友だちがいない。飲みやのある中心街まで、雪になれない足では小一時間かかる。出かける用事もなく、寒さに尻ごみしていた。

家のなかで楽しいのは、あちこちに置かれた石油ストーブのうえに、鍋をかけておく。豆を煮たり、芋をふかした。仏間のストーブには、野菜スープをたっぷりかけて、毎日あたためては食べた。

三日め、すくなくなった鍋に、カレーの素をぽとんと落とすと、たちまちベンガル風辛口が充満して、しかられた。新年早々、神さまご先祖さまは、香辛料に鼻をひくつかせることになってしまった。

鍋を台所にうつして、仏壇に手をあわせ、あやまる。軍服りりしいおじいさんの写真のとなりには、かわいい赤ん坊の写真がある。この男の子は、カレーの味も、叔父さんになることも知らず、戦時中ひと晩のうちに死んでしまった。

四日め。雪かきは、足手まといになるばかりだった。鍋の番をしながら、ぞうきんを縫うのに

も飽きたころ、ようやく雪雲が流れていった。

洗いたての光が、畳を明るくする。しろい雪だまりに反射すると、目を開けていられないほどだった。ひさしぶりの天気は、熱がひいたときのように、さっぱりとうれしい。

重たい雪靴をはき、厚いオーバーを着て歩くと、冷気が背骨をのぼってくる。それから信号みっつ進むくらいで、だんだんとのぼってきたものが、首のあたりでとまる。毛糸帽であたたまった熱が、肩までじわりとおりてくる。そのうち汗ばんで、寒気は溶けた。

雪あがりの道は、まだ凍っている。つるり、ゴム底があぶないのをたびたびこらえて、屋根つきの商店街にたどりつく。つっぱらせていた、ふくらはぎや肘をゆるめると、もう昼ちかい。

きょうはどこにしようか。

腹の具合をたずねると、もうすこし歩いて、おばちゃんの店。五臓六腑(ごぞうろっぷ)に命令される。

ささやかな商店街の半分は、シャッターがおりている。車で買いものをするのに都合のいい、国道ぞいの店にお客をとられた。開いている店も、いつから置いてあるかわからない品物を並べているようなところが多い。

港が近いから、まえは炭火でいかを焼いていたり、おおきな鮭をつるしていた魚やもあった。いまは二軒しかない。

きなこ団子の店、まんじゅうや、粉や、昆布やひじきの店、種苗店。土地のくらしにちかしい店に、ほそぼそひとの出入りの気配が残っているのを確かめ歩くと、あいかわらず、湯気をかぶったひとだかりがある。

この町で繁盛しているのは、パチンコやの駐車場、若い女の子に人気の洋菓子店、それから、そばやくらいのものだった。

東北だからそばを食べるといっても、この町のひとたちが毎日でもいいと食べるのは、中華そばだった。暑さ寒さも関係なく、辛抱づよくならぶ。

店がまえは、どこも日本そばの店で、そばもうどんも丼もそろっている。それでも、なかにはいると、お客は中華そばばかり食べている。

町じゅうの店を案内した地図や、ガイドブックができた。うわさをきいて、遠くから食べにくるひとも増えた。

かつて豪農の町として栄えた活気はすっかりうつむいたから、いまでは観光名所のとぼしい町の宣伝の助けとなっている。町のひとたちは、味の差異にさとく、ひいきの店をうまいとすすめあうのに、たがいに同意を得られない。

身びいき承知でいえば、東京のはやりの店より、ずっとおいしい。

地の利にかなった昆布と煮ぼしのだしに、豚か鶏がらがすこし加わる。澄んだスープに、油の膜は浮かばない。それぞれ手打ちの麺を研究して、煮ぼしも、飛魚にしたりと工夫している。

お年寄りは、中華ひとつ頼むの、という。若いひとは、ラーメンひとつの、という。運ばれてくるのは同じあかい丼で、ふたりがみるまに平らげても、麺はなめらかにスープとからむから、消化のわるい、油っぽいものを食べたようにならない。

焼豚と、メンマと、ねぎがのっている。うまみはスープに譲ったかたい肉が、またそのスープをふくんでいる。しみじみと、かじる。年配のひとたちは、きっとこの歯ごたえをなつかしいと感じている。

日本じゅうがラーメンに熱中しているからといって、話題のとんこつスープの店ができても、この町では長くつづかない。はやりの味が入りこめないのは、ちいさなころから食べてきた中華そばが、すっかり郷土料理となっているあかしだった。

おばあさんと若夫婦とちいさな女の子が、小あがりにいる。

オーバーを着たまま、黙って丼にうつむいている。女の子は、ちいさなあかいお椀に、おばあさんのそばを分けてもらって、すする。もっと、つゆ飲む。ねだるときは、お母さんの顔を見た。

煮ぼしの香をふくんだあたたかい湯気が、のそり入ってきたおじさんの、冷えたほっぺたを包

む。相席でむかいあい、だまって待つあいだは、週刊誌やテレビの画面に目をそらす。

……お待ちどおさん。

丼が運ばれれば、ぞぞっと吸いこみ、最後の一滴まで飲みほす。ごちそうさんと、立ちあがる。どの店もそんなふうに、昼どきはすぎる。おばちゃんたちの店も、おんなじだった。

飲みや小路のおく、昼は猫も歩かないような殺風景な道に、ベビーカーが置かれている。スカーフを頬かむりにしたおばあさんがふたり、ゆっくりサッシ戸をあけた。

ひと足はいると、横顔に湯気を受ける。注文は、きのうの晩から決めている。

調理場から顔をのぞかせたおばちゃんは、首をうしろにひねり、ワンタンメンひとつの。うしろのおばちゃんに、声をかけた。丼をさげてきたおばちゃんは、もっけだんども、水は自分でやっての。冷水機を指さす。

三人のおばちゃんと、出前係のおじさんがいる。

おじさんは、店にもどってきたと思うと、おかもちに丼をいれ、また出て行く。日に焼けた水気のない顔は、はいってくるたび、さっとあかくなった。

おばちゃんたちは、三人とも、おなじような背かっこうをしている。髪をみじかくして、ゴム

長靴をはいて、しろいうわっぱりを着ている。

配膳、調理、皿洗い、会計は、だれと決まっているわけではなく、手のあいたひとが、やれることをこなしている。よく似た三人が、ぐるぐるはたらく。混んでいてもおっとりと動いて、だれがだれだか見分けがつかない。

ほかの店では、やきもきしてテレビと調理場を交互に見ているお客のほうも、ここではゆったり待った。店のなかが広いおかげだった。

小あがりの座卓も、テーブルの間隔も、よそよりゆったりとして、きちんと磨かれている。中華やのあぶらっけがない。

コンクリートの床はしんしん冷え、おおきなストーブのうえには、番茶のやかんがかかっていた。四すみに、しゃんとした花がいけられ、そこだけ清潔な色が立つ。

帰省のたび、条件反射で食べたくなる。

汽車で着くなり、歩いていった。親せきの家でたらふくごちそうになったのに、帰りにどうしても食べたくて、子供用のちいさい丼を頼んだこともあった。盆暮れの楽しみは、これだけといってもよかった。

プールに行くのに、自転車を借りるね。

三年まえの夏、母に声をかける。お昼はどうすると聞かれて、ワンタンメンでも食べてくるといった。おばちゃんは、木曜は休みだったかな。

洗濯ものを干している母が、あれという顔をした。

……あそこは、もうやってないよ。もう商売はいいんだって。あーんなにはやってたのに、もったいないの。

プールの水は、真水だった。薬のにおいがないかわり、つめたくて、手足がうまく動かず、からだが浮かなかった。

しめった髪のまま、かげろうのおどる道を自転車で蛇行して、川原ちかくそばやにはいった。ワンタンメンが名物の、いちばん人気の店だった。

丼をながめる。ひとくち食べて、残念がる。スープはもっと透明で、しょっぱくなかった。ワンタンは皮がうすくて、これほどおおきく、べろべろではなかった。

腹ごなしにおばちゃんたちの店のまえまでこいでいく。のれんも看板も消えて、間口のひろい、ふつうの家になっていた。サッシ戸はそのままで、ガラスごしに、花がいけてある。仲間はずれにされたように、ぽつんと見た。

この土地のひとには、こんな気分がある。いろりでおいしい魚を焼いていた魚やも、おなじよ

うに、あといいやと、閉じてしまった。

欲ぶかく手を広げたりしないで、大はやりのさなかに閉じた。腹八分めほどの商いで、もったいないといわれながら、あっさり引きあげる。

いらいワンタンメンはあきらめて、帰れば中華そばを食べた。あちこち食べ歩いても、兄や父が車で遠くの店に連れて行ってくれても、通いつめる店は決まらなかった。

去年の墓参りは、新盆だった遠縁の墓にも寄るからと、いつもとちがう道を通った。

行きに横目でながめ、帰りにまた確かめる。あおいのれんは、たしかだった。運転席の父に声をかける。いまの店、おばちゃんたちのところとおんなじ名まえ。

車をとめてもらい、父と母とならんですわる。あの店にいたひとだの。母が小声でささやく。

カウンターだけの店は、三人加わり満席となった。おばちゃんが、ひとり奮闘している。品書きは、まえとおなじだった。食べるうち出前から帰ってきたのは、ちがうおじさんだった。

なつかしいスープに、透けたワンタンが浮かんでいる。きつねにつままれ、汗だくで平らげた。

東京にもどると、母から調査報告がきた。

店を閉めたあと、おばちゃんのひとりがやっぱり続けたいといって、のれんをもらい、べつの場所ではじめた。

両親は、それからたびたび食べにいき、ひとりになったから大変そうだったといった。おっとりやっていると、どんどんひとが混んできて、出前の電話をとるひまもなかったという。そんなはなしを聞いて、暮れの帰省をこころ待ちにしていた。

まえより不便なところで復活したワンタンメンをめざして、雪のけされていない道にぽつぽつ穴をあけ、信号をわたる。

やっとたどりついたのに、店はしんと暗く、あおいのれんはガラス扉のなかにしまわれている。ガラスには、かわらぬ「木曜定休」の札がぶらさがっていた。

お絵かき坂

友だちの、うえの女の子が、この春学校にあがる。生まれるまえからかわいがっているから、入学式についていきたい。したの男の子のお守りをするから、連れていってと頼んでいる。

毎年恒例のクリスマス会であったときは、テレビマンガの主人公に夢中で、本やぬりえを見せてくれた。

ヒロインはふたりいて、ひとりはピンクのミニスカート、もうひとりは黒いズボンをはいている。どっちが好き。聞くとズボンの子という。

……だって、クールだから。

本に見入ったままそっけなく答えるから、ビールが鼻につきぬけてしまった。

ついこのあいだまで、全身ピンクの服を着て喜んでいたのに、もう卒業していた。どんどん加速しておおきくなってしまう。むかいあって、ぬりえをするのを見ていたら、髪のリボンや背景の花は、まだピンクで塗っている。

メリークリスマス。おとながくれたプレゼントのなかでも、シンデレラのピンクの手帳をいちばん喜んだから、口と気持ちのつじつまに、時差がある。ほんとうは、まだピンクが好きと見破って、安心する。

去年の春さき、いっしょに遊園地にいったときも、ピンクの上着だった。お母さんが風邪をひいて、かわりにつれていった。

のり巻きの弁当をたべて、一日遊んで、帰りにおみやげを買う。駅まえの、ちいさな文具店にはいった。

弟には乗りもののぬりえ、じぶんのは、ぬりえか着せかえか、ずいぶん迷って、着せかえを買った。

お昼に会って、夕方まで、ずっと楽しそうにしていた。

手をつないで帰ってくると、家族とはなれて出かけるのがはじめてだったとお母さんから聞いた。緊張して、おりこうにしていたとわかった。

えらかったね。頭をなでながら、こんど買いもので迷ったら、両方買ってあげるときめた。いっしょに出かけたり、会えばくっついてくるのもいまのうちと思うと、甘やかして喜ばせたくなる。

文具店にはいるとき、まえを都電がすぎた。ガラスの戸をあけると、なつかしい匂いがこもっていて、ちかくに学校があるのかなと思った。

たとえば、ゴムの野球ボール、ビニールのなわとび、やわらかくねって使うろうねんど、いちごの消しゴム、油ねんどの湿り気。

そんな匂いが、ノートをひらくとふわりと浮く。えんぴつ一本を選ぶときの、緊張した背なかになって、女の子といっしょにしゃがんでいた。

ときどき、九才までいた町を歩いてみる。

バスに乗ったり、私鉄に揺られていく。こんなに近かった、こんなに狭かった。町なみの変化よりも、道のりや公園で立ちどまる。

幼稚園にいくとき、命がけで駆けた横断歩道も、息がきれてもなかなか頂きの見えなかった坂も、あっけない。

あのころの足どりのつもりで歩くと、うっかり通り越しそうになる。気にもとめずに過ぎていた、まがり角のお地蔵さんが、こっちと連れもどしてくれたりする。

反対に、仲のよかった女の子や、駆けっこで負かした男の子の家が、とてつもないお屋敷だっ

たりする。

この庭で、木登りして泥んこになって、御曹司（おんぞうし）を泣かせていたと首をすくめる。子どもの目は、大きすぎるものや、おとなが気おくれする気配が、まるで見えていないのが頼もしい。

去年の桜のころ、あの坂はどうだろうと出かけた。

坂の下に住んでいて、のぼるとちゅうから、ちがう区になる。坂に沿って、となりの区の小学校があり、見あげると桜が坂道にかぶさっていた。

坂をのぼりきった角に、文具店と駄菓子やがあった。この坂道は、おけいこの坂だった。引っ越すまで、お絵かきを習っていた。先生は通った幼稚園の園長先生で、幼稚園が終わったあと、希望者だけにお絵かき教室をしていた。

幼稚園のあいだは、クレヨンを使ってかいた。好きにかいていいよといわれ、画用紙いっぱいにかきなぐる。

しばらくして見にきた先生が、輪郭や近くの花の色を濃くして、なおしてくださる。クレヨンを巻いてある紙をはがして、こすって色をのばしたりすると、女の子が笑って遊んでいて、ウサギがはねて、鳥が飛ぶ平凡な絵が、ぐんと動いた。

小学校にはいると、水彩画になった。画板と道具入れがいっしょになったかばんを、買っても

らった。あかくて、りんごの絵がついていた。

学校から帰って、おこづかいをもらう。画用紙を買っていく。だいたい二十円か三十円、握りしめて駆けだす。もう補助なしの自転車に乗れたのに、車の多い街道を渡る許しがおりず、歩いていかなくてはいけない。

ぶらぶらとかばんを振って、行きたくない。

絵の具を使うようになったら、お絵かきがつまらなくなっていた。水をつけすぎて、ぼやける。パレットを洗ったり、色をかえるたびに筆をしめらせるのも面倒だった。

乾くのが待ちきれなくて、つぎの色をたしてにじんで、気に入らない。絵の具を忘れたふりをして、なじんだクレヨンでかくこともしばしばだった。

三十円をにぎって坂をのぼるたび、善悪の十字路に立っていた。みぎを向けば文具店、まっすぐ見れば、なかよし堂。小銭をぐっとにぎりしめ、手のひらが汗ばむ。

かばんをのぞくと、先週かきかけてすぐやめた紙が一枚のこっている。尻から子猿のしっぽが、ちょろんとのびた。

木枠のガラス戸は、いつもがたがたして開けにくい。やっと細いすきまをつくって、からだをたてにして店にはいる。しんと薄ぐらい日影に踏み入ると、忍びこむように緊張した。

ごめくださーい。声をかけると、さらに暗い奥から、背の高い、白髪のおじさんが出てくる。

画用紙ください、これとおんなじ大きさのをください。あかいかばんを渡す。

おじさんは、吸いかけの煙草を灰皿にのせると、下駄（げた）をはく。浅くておおきい木のひきだしに手をかける。

……いく枚。

長い背をかがめ、ぎろり横目がくるたび、見透かされるとうつむく。このおじさんと、のどを見せるお医者さんが、こわいおとなの両横綱なのだった。

二枚ください。浅い呼吸で答えて、待っている。そのあいだ、煙草の香に砂消しゴム、えんぴつの芯、輪ゴム。地味な色の匂いに、じっと見つめられている。

まぶたに、画用紙のしろい光があたる。

おじさんは、紙の束をぶんとひろげて、二枚かぞえ、残りをしまう。

あかいかばんの紙入れに、曲がらぬように入れてくれる。あたたまり、しめった二枚をわたすと、なんにもいわず木箱に入れて、奥にひっこんだ。

がたぴしと戸をしめると、ながい息で肩の荷をおろす。背なかにすこし汗をかいて、寒い外に出るとさっぱりする。どういうわけかしら、まだ手のひらに一枚あるの。ひとりでとぼける。はればれ角をまがり、ふがしかラムネか、迷う。コーラあめは、ふたつで十円だった。

三分咲きの桜の坂を、いまとなってはなだらかにのぼった。

あのおじさんも園長先生も、煙草の匂いの指をしていた。かばんを渡すとき、画用紙のうえをていねいに動く筆をのぞきこんだとき、鼻さきにすんとかすめた。

ふたりとも浅黒い、ふとい指のひとだった。じっと見ていた記憶のなごりで、煙草のみの男のひとに会うと、じっと指を見てしまう。顔よりさきに、指を覚えてしまう。

のぼりきって、右にまがる。小学校の正門まえ、文具店のあったところは、アパートとあたらしい一軒家になっていた。

それではこちらは。まっすぐ坂のつづきをのぞく。なかよし堂は、残っている。

間口は半分になっている気がして、これも、子どもの目だからあてにならないと思いなおした。店さきで、半ズボンの男の子が、パチンコゲームをしている。あーやばい、だめだあ。しゃがみこんで、くやしがっている。

なかに入ると、見おぼえのないおじいさんがいた。

あのころは、しろいかっぽう着のおばさんが店にいた。なかよし堂のおばさん、と呼ばれていた。

おじいさんは、演歌をかけて、歌いながら、ラーメンを煮ている。てまえで、まだ学校にあがるまえの背たけの女の子たちが、くじびきを選んでいる。

ふがし、ラムネ、黒猫マークのイチゴガムの値段はかわらない。

お金を払って、校門まえの文房具やさん、もうないですね。上機嫌のおじいさんにきいてみた。

……あそこは、お父さんもお母さんも亡くなって、息子さんは先生になって、継がなかったの。

なにげなく百円玉を出すと、ぞろりと七枚、十円玉が返ってきた。女の子たちの低い目線が、手のひらにあたる。

大金受取りのようにうしろめたくなって、場ちがいに気づく。

リボン七〇センチ

まいとし梅のころ、たのしみにしている展覧会がある。去年とおなじひとと、でかけた。

駅からのけしきは、だいぶかわった。古いアパートの庭でさえずっていたすずめは、高層マンションを巻いて吹く風に流され、さまよって、かろうじて電線につかまる。

交差点の食堂は、まだあった。ずらりならんだ品書きを、目玉はぜんぶ食べたがる。とりあえずビールといったのが、失敗だった。

カキフライとハンバーグをつまみにして、オムライスとラーメンでしめくくる。

背をそらして店を出て、すました顔で美術館にはいる。ビールは一本ではすまなかったから、観賞眼は平べったい。

はなれて見ているふたりが近づくと、フライの残り香もよりそう。そのたび、満腹だねえといって、広い会場をめぐった。

とちゅうの椅子で、あくびを四連発している。映像作品の暗がりにはいると、うとうとした。

大音量におどろくと、作品は一巡して、さっきとおなじ女のひとが歌っていた。

おもてに出ると空はかげり、風がつめたくなった。

まだなんにも食べられない。そういって歩きだすと、ならぶひとの薄着が気にかかった。

……ぼくは、だいじょうぶです。

このひとの、手足をつっぱらせて歩くのが、鉄腕アトムに似ている。

お寺の塔に刻まれた、消えかかる字をなぞり、空き家の窓をのぞき、コンビニエンスストアでチョコレートを買う。

いきあたりばったりの道を、おもしろがってくれるひとは少ない。この数日は、奥歯がうずいていたのに、散歩がうれしくて、なんともない。

小学校のチャイムをきいて、角をまがると梅の香にあたる。児童公園の紅梅は散りかけて、花びらが、地面に降る。梅と椿の紅いろは、土に映える。

そうやって、大通りに出た。

バス停に立ちどまって、これで月島に行きましょうよと誘ってくれたのに、じっと待つのが寒いから、もうひとつさきまでいこうと過ぎる。

みっつめの信号のさきに、つぎの停留所が見えたとき、みどりのバスに追い抜かれた。ほらあと、肩をつつかれる。

さようなら、月島。

歩けるところで飲むことにして、ならぶ店をひとつずつ、たしかめ歩く。印刷所、はんこや、たばこや。

そのとなりの店のガラス扉に、全品半額の貼り紙がある。売りつくしの赤札も、貼ってある。

閉店セール　今月末をもちまして、閉店させていただきます。

ちいさな字で書いてある。

店にはいると、あたたかい。

毛糸とハンドクリームのぬくもりとつめたさが、しめって漂う。

竹の編み棒も、裁ちばさみも、貝ボタンも半額になっている。ほしいものばかりある。

刺繡(ししゅう)糸のひきだしをあけ、握りばさみを見る。チャコペンシルと縫い針。がまぐちをのぞいてから、リボンに手をのばした。

髪を伸びっぱなしにするうち、結べるようになった。二十年ぶりに買うのに、太いリボンは

七〇センチ、細いのなら五〇センチと覚えていた。そのくらいの可愛げは、残っていた。

ベルベット、グログラン、オーガンジーを、棚から引き出す。

高校生のころは、ギンガムチェックや水玉もようも結んだ。制服の学校でも、髪型に決まりがなかったから、髪の長いひともみじかいひとも、工夫して結んでいた。

色とりどりのリボンをのせた、友だちの顔を思い出す。水いろが好きだったひと。うす茶の髪に、ベルベットの濃い赤が似合ったひと。

みつ編みの、みぎひだり。カチューシャにして、あたまにひとつ。教壇の先生がたは、ちょうちょうの群れを相手に授業をなさっていた。放課後になると、商店街の手芸店で長さをいい、切ってもらっては、よろこんでいた。

……リボンですか。

いっしょに入ったひとは、なにを手にとっていいかわからない。となりに来ると、プレゼントのラッピングにするんですかときかれた。あさって、このひとにまた会うとき結んでいても、きっと気がつかない。

七〇センチずつください。おばさんは、はーいといって、かぎ針を動かす手をとめない。レジの機械の側面に貼られた教室案内を読んで、きりがつくまでどうぞと待っていた。

教室もおしまいですかと聞くと、そうなの。もうここを出るっていっちゃったから。目をおとしたまま、手はまだとまらない。アートフラワー、和紙人形、編みもの。糸やさんがなくなると、不便になりますねというと、はじめて顔をあげた。お近くですかと聞かれた。

ちがうと答えたら、駅ビルに大きい店ができて、みんなそこで買うみたいねえ。それから、またうつむいた。藤いろのレースのカーディガンは、もう袖つけにはいっていた。

テーブルに置き、つめていた息をはき、お待たせしましたと針を置く。ぎざぎざのはさみを握り、七〇センチずつはかって切り、くるっと巻いて紙袋にいれる。作業机のふちには、一メートルの竹ものさしが貼りつけてある。

そろばんで足してから、暗算で半額にしてくれた。どうもありがとう。たがいにいいあう。おばさんは、また金のかぎ針を持ち、刑事ドラマをながめた。ガラス扉のむこうを、またバスが過ぎた。

仕立てやの母のおつかいは、糸やが多かった。子どもの足で五分駆けたバスどおりに、ちいさなマーケットがあった。うす暗い、建物の一階

に、乾物や、やおや、くだものや、花、魚や、糸やがある。帰りにお菓子やに寄って、いちごチョコレートを買ってもいい。かならず、たずねた。五回にいちどはいいことになるから、きかずには出かけられない。

すぐにいるんだからね。はやく帰ってね。がまぐちを開く母は念をおし、ガッテンショウチノスケがズックをはく。ひも靴を、はいたことのないころだった。

ブランコや鉄棒、自転車よりも、走るのが好きだった。つめたい風を飲みこんで、胸と背なかがひいひいしみても、止まりたくなかった。

熱を出すと、尻に注射をされる校医の先生の診療所、おなじクラスの友だちが通う書道教室のブロック塀に、みんなの習字が貼り出されている。

暮れかけた道を駆けにかけ、さいしょの信号をわたると、マーケットだった。

ごめんください。油のにおいが、弾んだ息につんとまざってくる。

ミシンのひきだしをあけたときとおなじにおいだから、ミシン油だった。ストーブのうえの赤いやかんが、いきおいよく湯気をふいている。

細ながい店の、いちばんおくからひょいと顔を出すおじさんは、えんじのチョッキを着て、いつも首にスカーフを巻いている。

ほんとうの男のひとでスカーフを巻くのは、このおじさんしか知らなかった。テレビでは、花形満が巻いていた。

ミシン糸、縫い糸、穴糸の、使い切った糸巻きを持っていくときは楽だった。これとおなじ糸をください、そういえばよかった。布のきれはしを持たされて、これに合う糸をくださいというときが、気が重い。

布を渡し、おじさんに見立ててもらう。おじさんは、ときどきしくじる。そうすると、もうすこし濃い色にとりかえてもらってきてと母がいい、また走らなくてはならなかった。芯地の厚さや、鍵ホックのおおきさ、ファスナーの種類もむずかしかった。

駆けているうち、ミシン糸か縫い糸かわからなくなって、公衆電話でたしかめた。チョコレートのお金が、電話に十円とられて、がっかりして帰る。チョコレートのお金では、チョコレートしか買ってはいけないと思いこんでいたころだった。

一年生のとき、編みものを覚えた。おばあさんと母が池袋に買いものにいって、赤と青の毛糸と太い棒針を買ってきてくれた。

……こうやってね、ひっかけて。

はじめの作り目は、おばあさんが編んでくれた。手本を見せてもらって、真似をする。とちゅ

う日数は増えたり減ったりして、ところどころに穴があいて、ほどく。

冬休みじゅうこたつで奮闘して、毛糸ふた玉をつなげて編んだ。母がなおして端をかがって、鎖編みのひもをつけ、ポシェットにしてくれた。

好きなボタンをひとつ買っておいで。そういわれて、はじめてじぶんの用事で糸やにいった。きいろいプラスチックのキティちゃんのボタンを、握りしめて帰った。母は、もっといいボタンがあったでしょうという顔をした。それでも、自分がいいならいいわと縫いつけてくれた。

毛糸のポシェットは、ハンカチちりがみ、ガムかあめを入れても軽かった。たすきにかけているから、走りまわってもなくさなかった。

中学にはいるころには、襟巻きを編むくらいの根気がはえた。好きなひとに編む腕も意気地(いくじ)もないまま、校則違反のあか毛糸で長ながと編み、ぐるぐる巻きにして通った。

高校にはいってからは目がわるくなるばかりで、編みものもしなくなった。縫いものは、いまだ母まかせにしている。そうやって針仕事と疎遠になった。

このあいだ、風の弱い日、ひとつとなりの駅まで歩いた。坂道をあがった商店街に、糸やをみつけた。

入口わきのショーウィンドウには、キューピー人形が毛糸のドレスを着て、ばんざいをしてい

る。レース編みの花びんしき、パッチワークの手さげ、七宝焼のブローチもあった。

ガラスはきれいに磨かれ、棚にほこりひとつない。使うひとより、作っているひとのほうが楽しそうなものがならんでいる店をのぞくのは、久しぶりだった。坂ではやくなった息が、やわらかくなるまでのぞいていた。

帰りは、ひとすじうしろの道をおりた。広い更地に、ぽつりぽつりと菜の花が咲いていた。掘り返された土に、ガラスやせとものの破片がまざって、光をはじいている。みどりの金網に囲まれていて、かけらも菜の花も、さわれない。

さよならおでん

平成十八年四月大安、入学式まで桜がもちこたえた。

朝から登校すると思っていたら、式は午後からと聞いた。

おとなは、楽でいい。まえの晩から、よそ行きの服をながめてはしゃいでいる子どもは、出かけるころにはくたびれてしまう。心配しながら、昼をすませた。

保護者席にまぎれこめる服を着て、友だちの家にいく。

呼び鈴を鳴らすなり、主役が飛び出してくる。ピンクのブレザーのひなこちゃんは、長くなった髪をこまかい編みこみにしてもらって、かわいい。

ママは、うえで着がえてるよ。ぐんぐんはねながらいうから、せっかくかわいい髪が、ばらばらになるよ、服がよごれるよと手をつないだ。ママ、おそいなあ。いったんおとなしくなっても、待ちに待った入学式にみんなでいくのだから、すぐにじっとしていられなくなる。ふたりで、おなじ会話をくりかえした。

校門まで手をつないでいき、下駄箱でじゃあねえとはなされた。ひなこちゃんは、引率係のお

姉さんにつれられて、さっさと一年二組にむかった。あっけなく一年生になってしまった。

式次第は、三十年まえとおなじだった。礼をすると、まえに歌ったときを思い出せないほど久しぶりの、国歌斉唱。

校長先生のあいさつ、来賓祝辞(らいひんしゅくじ)、ＰＴＡ会長さんによる役員さんの紹介。それから、担任の先生の紹介に、在校生歓迎の辞とつづいた。

クラスは、ふたつきりだった。この町の小学校は、どこも多い学年でも、三クラスしかないと聞いていた。

保護者席は、みなカメラをかまえ、望遠でうつしている。まえの席のお父さんのカメラに、ひなこちゃんがよくうつる。にこにことお話を聞いて、ときどきよそ見している。

まえの席のご夫婦は、いっしょに手をつないで入場してきた男の子のご両親だった。

ひなこちゃんは、元気に男の子の手をひっぱるように入場してきて、ならぶおとなを見つけると、つないだ手をまたぱっとはなして、ここだよと振った。男の子は、じっと肩をかたくして、うつむきがちに歩いていた。

お父さんのカメラは、子どものあたまを抜け、校長先生の顔に寄っていく。ちいさな画面のなか、声の主のりっぱなお顔をのぞき見する。

校長先生は、壇上にいない。体育館の舞台は、がらんとして、なにもない。子どもや父母を、見おろさない配慮をなさっているのが、いまふうと思った。

校長先生がまえに立たれるたび、子どもたちも全員起立する。在校生の六年生たちは、もう背が高い。うしろの席からは、お顔はまるで見えない。

このまま、学芸会や卒業式も舞台を使わないのかな、子どもはのぼらせるのかな、子どもがおとなを見おろすばかりの演壇というのも、へんてこだね。友だちと、ひそひそいいあう。

式の最後の校歌斉唱では、六年生の歌声が聞けた。高い音が多い曲で、男の子は歌いにくそうに裏声を使った。

一番をきき、二番三番をまねて歌う。最後のところだけあたまにきざみつけた。そのうち、ひなこちゃんが覚えたら、いっしょに歌うためだった。

友だちの家でお祝いのロールケーキを食べて帰ってくると、足がつめたい。体育館の冷えこみを忘れて、薄着でいって、背骨も冷えた。

去年よりも腹まわりがきゅうくつになったスカートをさっさと脱ぐと、厚着をして最後の花見の約束に出かけた。電車が隅田川の鉄橋を渡ると、みなもに花びらのすじが流れていく。

……寒いね。

……寒いっすね。

待ちあわせに行くまでの道で、ばったり会うと、照れくさい。いちばん古い飲み友だちと、熱燗を飲む。

初月給からこんにちまで、顔をあわせる店はちっとも上等にならない。路地裏の、熱燗といえばすむ店を、見つけあっては、つれていく。

出はじめのそらまめと名物しょうゆ豆を、どちらにしようか迷うと、どっちも頼めばいいといわれた。

そういうところは、太っ腹になったとからかうと、ほんとの腹もやばいんすよ。セーターを引っぱってみせた。

繁盛する店のおばさんは、あれこれ迷う客に待ちかねた様子をかくさない。山手線ゲームのようにとんとんといかず、あわてるあいだに大勢さんがくわわり、小あがりを占領する。満員御礼になると、むかいあっていても大声で話をするようになった。

行きますかと腰をあげ、熱燗二本と豆だけつまんで出た。このにぎやかさは、寺町門前の、鳩の会合だった。

……ここは、おごる。

……じゃあ、つぎ出します。

桜並木を歩くと、川風で酔いはさめ、ここの桜は思ったより若木が多いと知った。下町の夜は早く、桜のあいだならぶ屋台も、明かりを消しかたづけはじめていた。バーで飲むより、もうすこし食べたかった。どこかないかと川ぞいを蛇行して、ひさしぶりにおでんと決まる。それで、つぎの橋まで歩いた。

おでんやのランランは、橋のたもとにある。あるじのランちゃんに、干支(えと)はなにと聞かれ、さるという。おない年だった。明け方までやっているのは、店を開けるのが遅いからだった。すぐ近くにある有名なおでんやは、昔ながらの早じまいをする。ランランには、焼きとりや焼き魚もある。あそこは古くて有名だけど、ランちゃんのほうがうまいと思うけどなあ。なじみ客の友だちは、いつもいう。

明け方まで、どのくらいの客がくるかわからない。しかくいおでん鍋は、心配になるほどのおぶりの、大根、こんにゃく、ぎゅうすじの串。行儀よく浮かんでいる。

乾杯して、ちいさなテレビをながめ飲むうち、ちょっとすみません。友だちが席をたった。テ

レビの音にはさまれて、ランちゃんとふたりになったことがあった。

……あれなの。ふたり、つきあってんの。

背なかをむけ、ホッケを焼きながら聞く。ちくわぶをかじって違うというと、じゃあこんど飲みにいこうと誘われた。断ると、なんだやっぱりつきあってんだ。決めつける。

そんな理屈があるか。むんとテレビを見あげるうち、もどってきた。

ふたたびならんで、ランちゃん、梅ハイもう一杯。ランちゃんは、なにも知らぬひとに、ハイお待ち。じゅうじゅうとでっかいホッケを出した。

まえにいったとき、デートに誘われたと思い出していうと、なんだよあいつ、子持ちのくせに。ポケットに手をつっこんだ。

ランちゃんは、一年生になる男の子がいた。なんだといいたいのは、こちらのほうだった。

川風にでこっぱちが冷えて、こめかみが押される。足をはやめ、信号を渡る。車座で花見をするひとたちも、たっぷり着ぶくれて、輪のまんなかで鍋ものをしていた。

一歩ずつ、ランちゃんの明かりがまぶしくなってくる。きれいになってる、やる気出したな。

首をちぢめ、ならんで歩くふたりは、どちらも近眼だった。

はじめに眼鏡のほうが立ちどまり、はだかの目で歩いているほうが、眼鏡の肩に鼻をぶつけ、

ぽかんとする。ランランは、イタリア料理の店になっていた。

ついこのあいだまで、入口わきまでくると、赤ちょうちんのぶら下がる小窓から、おでん鍋にむかうランちゃんが見えた。

川風をきらって、足が遠のいた冬のあいだに、小窓にはべつの男のひとが立っていた。

ランちゃんの、事情を知っているかもしれない。友だちは、客のいない晩に朝までつきあっていた仲だから、おどろいたままで白いドアを開けた。

なかに一歩はいって黙る。おでんやランランの気配は、もう間取りにしか残っていなかった。壁はしろく塗りなおされ、つけっぱなしのテレビのあった棚には、花が飾られている。テーブル席で、家族づれがスパゲティを食べているのも、見なれない。早くもどって来いとながめたトイレにつづく暗がりも、すがすがしくなっている。

おでんを食べるつもりでいたから、とまどって、きゅうりのサラダを頼んで黙った。若い夫婦が、てきぱきと働いている。またくるよ、カウンターのお客が声をかけて立つ。もうなじみがついている。

これだけ違うんじゃあ、わからないだろうな。友だちは、奥さんにたずねるのをやめて、きゅうりに自家製マヨネーズをべったりつけた。

ビール一杯できりあげたから、二軒目は川原のこおろぎの会合となった。

また夜道にもどり、つぎの店を相談しながら、ふたことめには、ランちゃんどうしたんだろうと黒い空に呼びかける。

ランちゃんのほんとうの名まえも、ちいさな息子さんの顔も知らず、会えなくなった。客、いなかったもんな。店を維持するの大変って、いってたもんな。腕がいいから、どこかの店の、板前さんになったのかもしれないな。

納得できる理由をさがしながら、老舗おでんやのまえまで来る。

のれんは、とうにしまわれている。シャッターを揺らす風は、なんのにおいもない。

ボブとミッキー

渋谷にいくと、血のめぐりがよくなる。地下道をすりぬけ坂をのぼり、あの店このビルのぞいて歩く。

この町は、コガネムシにもオケラにも、わけへだてなくたのしい。学校もアルバイトも、渋谷だった。見まわりふぜいで、毎日歩いた。

アルバイト代は、らっぱの月賦（げっぷ）に消えていた。町じゅうにぶらさがっている服は、まるで買えなかった。それでも公園通りをのぼってはおりて、デパートの屋上から地下まで流行をのぞいた。なんにも用事がなくても、退屈しなかった。なんにも買えない足どりは、財布のなかみより、ずっと軽かった。

勤めると、渋谷は映画をみにくる町になった。定時きっかりに会社を出ると、最終回に駆けつける。

ビールを飲みながら映画をみるのが、金曜日のたのしみになった。目をはらすほど泣いたり、じぶんの声におどろくほど笑うから、映画はひとりで行く。映画館も、つぎつぎ増えている。

帰りは、公園通りから山手線の線路ぞいの道におりて、原宿まで歩いていく。とちゅうの道みちにならぶビルに入っている店は、知らない名まえばかりだった。なじみのない店ばかりになっていた。

建物はそのまま残っていても、なかがどんどんかわる。気にとめるひまもなく、かわっていく。あらわれ消える野心や、はやりすたりは、花畑のいろどりにまぎれて透かせない。卒業して、もう十五年がたっていた。

公園通りに残っているのは、区役所と公会堂、ラーメンや、ライブハウス、代々木公園につづくけやきの風ぐらいになった。

坂をおりて、立ちどまる。ミッキーのいた暗がりは、蛍光灯が天井じゅうについている、まぶしい眼鏡の店になっていた。

土曜日の午後は、授業もバンドもアルバイトもなかった。

大学三年生の新学期、短期英会話講座の貼り紙を見て申しこんだ。アメリカ人の先生に、無料で習える。

アルバイトをしている絵はがきやには、イギリス人のお客さまがくる。ちいさな女の子のおか

あさんで、はがきや便箋をどっさり買ってくださる。

サンキューというと、アリガトウーとにっこりなさる。会計のあいだ、ずっと日本語で通して、巻き毛のちびちゃんに気の利いたこともいえない。天気のあいさつぐらい、すんなり話せるようになりたかった。

学校に来なくてもすむのに、単位と関係のない英会話に通える。退屈で、もてない証拠だった。授業がすんだら、ゆっくり町をふらふらしたい。そんなことが言い訳だった。

ふたを開けてみると、そんな生徒は五人しかいなかった。ひげだらけの、阪神のバースに似た先生だった。来週からは、授業は英語だけで話します。きれいな歯ならびでにっと笑われ、ひるんだ。

翌週からは、生徒は三人に減った。ふたりの男の子は友だちどうしで、ひとりが休んだら大変だから、かならず通ってこいよと念を押された。

授業中は、名まえも英語にかわった。

からだの大きい坊主頭のほうは、おれはボブにするとすぐに決めた。きゃしゃな優しそうなほうは、ミッキーにするといった。耳がおおきいから、ミッキーマウスのミッキーといった。

グレース、オードリー、キャサリン、マリリン、英語の名まえなんて、照れくさい。長考する

と、ルーシーがいいよ。ミッキーがいう。

スヌーピーの漫画に出てくる気の強い、かんしゃく持ちの女の子の名まえだった。しかめつらをしているうち、そっくりそっくりと決められた。そうやって、ルーシーになった。

早口ことば、カードゲーム、なんでもいいから五分おしゃべりをつづける。自己紹介をする。まちがったと思ってはいけない。とまってはいけない。すこしでも息をのんでつかえると、ヘイヘイヘイ。バース先生とボブとミッキーが、いっしょになってはやしたてる。ますます声が出なくなるのが、悔しい。

まっかになって汗をかき、でたらめに単語をつないだ。単語につまると、歌ってしのいだ。ひとまえでらっぱを吹くときでも、あんなにあがらない。文法は、まるで考えるひまがない。

ふたりは、思いのほかまじめな生徒だった。ボブがいちばん流ちょうに話し、おっとりしたミッキーは、毎週苦戦した。

三人のなかで、ボブだけが先生のいっていることを耳で飲みこめていた。だんだんボブの答えたあとに、さる知恵のきくルーシーがオウムのようにくりかえし、純朴なミッキーはじぶんの頭で消化してから、ゆっくり話す。ヘイミッキー、それじゃあみんな帰ってしまうよ。そのたび先生にからかわれていた。

三年生になって、ふだんの授業に英語はなかった。毎週一時間半、ふだん使わない言葉で、ふだんの五倍しゃべりつづける。

また来週、グッバイ。先生が長い足で教室から消えると、脳みそのうしろが重く、机にべったりへばりつく。ルーシーおつかれさん、ビール飲もうぜとボブがいう。お金ないから、学食の生ビール一杯ならいいよ。毎週おなじに答えた。

ボブとミッキーは、ひとつうえで、哲学科にいた。哲学科は、優秀なひとが多かった。ボブは英語がうまいねというと、福生(ふっさ)に遊びにいってるからなとミッキーがいう。ボブは、夏休みにアメリカに行くし、卒業したら長い旅に出るから、就職活動はしないといった。

……ぼくは、勉強をはじめたばっかりだからね。

ミッキーも、のんびりしていた。

大学には、運動部の推薦を受け入ってきた。二年生までは選手だった。けがをして運動をやめて、授業にまじめに出るようになったけど、勉強はむずかしい。でも、ひとつずつ、ちゃんとわかりたいんだ。ちいさい子のような澄んだ目で、そういった。

同級生の文学科の男の子たちは、学校の先生になりたいひとばかりだった。おとなびて、いつも試験勉強をしていた。あのころも教職は狭き門で、同級生どうしといってもライバルだから、

うちとけて話すことはなかった。

四年生のふたりのほうが、学生らしく、ほがらかでたのしかった。ほかの日、廊下をぼんやり歩いているときも、ようと声をかけてくるのは、このふたりきりだった。

ふだんは、ルーシーって呼ばないで。眉をあげてふりむくと、古着のジーンズにトレーナーのでこぼこ二人組が、手をあげ笑っていた。


坂のまんなかにあるビルは、一階が低くなっていた。すこし陰になる店のなかは、さらに舟底のようだった。

しっくいの壁はたばこでそまり、古地図のように見える。ぬめ革のかばんやベルトがあったら、持っておいで。ひと月すれば、いい色になるよ。そんな知恵を、教わった。

細くジャズのレコードが流れ、たいていピアノだった。店はいつも静かに混んでいる。渋谷をめぐるひとたちより年上の、この町で働くおとながひと息つく店だった。

ガラスポットのまるい尻をアルコールランプであたためると、澄んだコーヒーが沸く。きゃしゃなカップにそそがれると、ミッキーが窓ぎわで本を読んでいる女のひとに、静かにはこんだ。

この店では、しろいシャツにうす茶のズボンだった。黒い前かけをしめていた。

ごちそうしてあげる、遊びにおいでよ。誘われ、アルバイト先のコーヒー店をのぞきにいくと、普段どおりのかっこうをしているのが、はずかしい。コーヒーもケーキも、すっぴんの学生の値段ではなかった。

カフェオレを頼むと、上等なくだもの柄のカップにはいってきた。お客さんにあったカップにしているんだよ。カウンターのなかにいる男のひとの黒ぶち眼鏡は、絵はがきやで見るジェームス・ディーンに似ていた。四角い眼鏡をかけて、新聞を読んでいる写真のはがきは、いちばんすきだったし、よく売れた。

アルバイト代から千円ひねり出し、アイロンをかけたシャツを着て、ときどきコーヒーを飲みにいくようになった。ミッキーのいるときもいないときもコーヒーはおいしく、コーヒーカップは美しく、黒ぶち眼鏡のマスターは親切だった。

三か月の英会話が終わり、先生をかこんでさよならパーティをした。講座は不人気のため、これっきりになり、ボブは卒業論文でいそがしくなった。

単位のたりないミッキーは、一年かけてちゃんとしたものを書くといった。ゆっくり考え、まっすぐ目を見て伝える話しかたは、あのコーヒー店のマスターによく似ていた。ミッキーは、アルバイトをして、おとなの手本に会った。えらいね、がんばってね。心底にほめていえる友だ

ちができたのが、うれしかった。

アルバイトの帰り、店がおわる九時すこしまえに寄ったとき、これから時間あるときかれた。店がおわったら、マスターと近くのテニスコートにしのびこんで、テニスをするからさ。誘ってくれた。

両親が東北にうつり、兄とふたり暮らしを始めたばかりで、十時の門限厳守だった。帰らなきゃというと、そっかとあっさりいわれた。暗い店のなかでもきれいな目を見ると、家族がうらめしかった。

ボブが卒業した日も、コーヒーを飲んだ。坂道をふたりで帰ったとき、ボブがいなくなってさびしいねとだまった。そのうち、コーヒーに酔って、きゅうに泣けてきた。ぼくなんかのまえで、泣いたらだめだ。真顔でいわれた。ミッキーのまえだから泣けたとは、いわなかった。

四年生になると、あたらしいアルバイトをはじめて、ほとんど大学に行かなくなった。英会話もなく、連絡をくれる、まとめ役だったボブがいなくなってしまうと、顔をあわせることがぐんとすくなくなってしまった。

ミッキーを見かけるのは、私語厳禁の図書館のなかばかりだった。たがいに調べている本が出てくるのを待つあいだ、手を振りあうくらいになった。

ばたばたと卒業すると、コーヒーよりも酒になじむようになった。新入社員がコーヒーを飲み、ひと息つけるようになったころには、坂のうえのコーヒー店はなくなっていた。

あんなに仲がよかったのに、ボブもミッキーも、ほんとうの名まえを覚えなかった。ボブに伝えた電話番号も、もうなんど変えたかすら、わからない。

めんこいね

定年退職のあいさつ状をいただいた。六十歳とは、あんなに若いとおどろく。東京をはなれ、故郷にもどられる。活字は、はたして晴耕雨読に耐えられるか、わが身を見守っていきますと、結んであった。

年じゅうゴルフ焼けしている世話役さんを思い浮かべて、おかしい。ごじぶんでも、耐えられそうにないとわかっている。

はがきの余白に、定年退職もひとつの店じまいと思いますが、如何。ブルーブラックの達筆が添えてあった。このかたは、ほんとうに長いあいだ、のんきすぎる仕事ぶりを気にかけ、声をかけてくださる。

まだまだ働けるのに居をうつすのは、コンピュータに手なれたひとの強みだった。

人体としての六十歳は、暮らしがおおきく変化するには若くない。小学校にはいるように、すんなりとは水になじまない。

それをよくよくわかっていて、この数年は九州にいても東京でも、かわらず暮らす練習をな

さっていた。

　毎月のように会ってはなしを聞いていたのに、はがきが届いて、ようやく遠くにいかれるとわかる。ぼんやりしていたのに、さびしい、こころ細いというのはいけない。大好きな笑い顔をたくさん見ることのできる、あかるい送別会の手はずを考えてみる。

　定年をむかえる方がたは、公私をじょうずに使い分け、準備をきちんとなさっている。そういう指南書も、たくさん出ている。

　モーレツ世代の父のころより、ゆうゆうと楽しげにしておられる。会社第一の考えがなくなったご時世が、関係しているかもしれない。

　昭和ひとけたの父は、大学を出てから定年の日まで、地方銀行に勤めた。定年退職は、すこし延長となり、六十三歳の誕生日の前日だった。

　お父さんの考えていることは、ほんとうにわからない。その日が近くなるにつれ、母は電話であきれた。

　……きのうは本店にいってきたんだけど、もういらなくなるのに、三つ揃いを新調してきたっていうの。どういうことかしらねえ。

またカクマツ洋服店でときくと、ブラザー紳士服だっていう。カクマツさんは、じょうずだったわね。もうからなくなって、べつの商いをしているみたいという。

母は、ちいさな洋裁学校を出て、そのまま教えるほうにまわった。結婚すると家で仕立てをはじめたから、会社勤めの経験がない。

りっぱな背広がたくさんあるのに、どうしていまさらと、わからないのだった。

それでもと、父の胸のうちを掘るうち、どうやら新調の背広を着て、定年式をむかえたいのではないか。母と娘は、推理した。

社長さんとの会食にそなえ、背広を新調したのかもしれない。社長さんは、年がら年じゅうそういう式をしていらっしゃるのだから、そんなの気になさらないのにねえ。母は、あきれる。

そういう気分も、わかる気もする。父の肩を持つにも、アルバイトさきにそのまま勤めて、いまだTシャツジーパンでいる社会人だったから、説得力に欠けた。

しばらくして、大好きな時代劇映画がつぎつぎ公開となり、映画館に通ううち、なるほどと思いあたる。

お侍が、殿さまやご家老によばれてお城にあがる。呼ばれて、あわてて自宅にもどり、奥方に手伝わせて裃(かみしも)をつける。そんな場面が、たびたびあった。その騒ぎぶりが、三つ揃いの背広にか

さなった。

そんな昭和武士は、大騒ぎのすえ、きまじめ一本の銀行マンから正々堂々と足を洗った。その翌朝から、父の磁石はまるでくるってしまった。

どこにも出かけなくてもいい。だれにも連絡をとらずに、一日の予定を決める。そういうことに、まるで慣れることができなかった。

つぎの仕事をはじめるまで、しばらくゆっくりするといっていたのに、ゆっくりのしかたが、ちっともわかっていなかった。

のちに、六十歳は、男の厄年と知った。還暦の祝いに、厄ばらいをするのは妙なことで、大昔からのものではない。きっと会社の定年と、かかわりがある。

父のばあいは、まさに災厄の提灯(ちょうちん)行列だった。けがや病気がつづいた。どれもが命にかかわらぬぶん、同情もされなかったのが本人の気に入らず、かんしゃくをおこす。日々顔をつきあわせている母のほうが、どうにかなりそうに見えた。

父の世代はリストラ知らずで、年金も安定してうらやましいといわれている。それでも、仕事ひとすじできたひとが、ぼんやりするのも、ずいぶん苦労があった。映画館や美術館、交通の優遇も、きょうまで必死にくぐりぬけてきた褒美なのだから、存分に利用して、のんきに暮らして

もらいたい。

新入社員の初月給から、最後の三つ揃いまで、ずっと仕立ての背広で通した。地元のブラザー紳士服店と、本店そばのカクマツ洋服店で、かわるがわるあつらえ、洋服だんすにぶらさげていった。

東京には十五年もいて、定年まぢかまで東北にもどることはなかったのに、出張で本店に行くたびに寄って、仕立ててくる。

東京には、名店しにせも、百貨店もたくさんあるのに、型紙があるからと、ふたつの店しか行かなかった。

出張から、菓子折などを買って帰る。家族はおいしいとたいらげる。それからひと月、大きなみやげは、菓子のありがたみをすっかり忘れたころに届くのだった。

晩に帰った父が、つるつるした茶いろの荷造用紙をはがす。この広い紙をもらって、絵をかきたい。くっついて、見ている。

くろい箱には金の字で、カクマツとか、ブラザーとか、電話番号が書いてある。

ふたをひらくと、カバーにはいった背広と、ズボンが二本。かたちのしっかりした、木の衣紋(えもん)

かけにも、店の名まえがはいっている。

父は、箱から出すと、鴨居にひっかけ、ぶらさげる。それから、おーいと母を呼んだ。

台所から、あちこち水びたしできた母は、どれどれ。後ろ手に組んで顔を近づけている。ふたりのあいだにしゃがんで、これちょうだいね。紙をひっぱろうとして、だめ。両がわから、しかられる。

……またまたなんかひとつ、いなかっぽいわねえ。

やっぱり、またまた不合格だった。すきをはかって紙を引きずり、クレヨンを取りに行った。

東京にきても仕立てを続けていた母は、たくさんの舶来生地を縫うようになっていた。

東京に来て、目が肥え腕があがるのがうれしい。毎週銀座に繰り出し、目の保養と、デパートや生地の店を見て歩いていた。

届いたスーツを自慢して、冷や水の洗礼をかぶるのは、いつものことだった。それでも父は、

……これでいいのだ。

ステテコになり、さっそくズボンをはいてみる。

墨灰いろか、紺の地、ほそい縞がはいっているときもある。信用安心第一の仕事だから、あまり派手なものは選ばない。

その反動で、休日用にずいぶん大胆なツイードのブレザーを作ったことがあった。お父さん、なんだか、ボスみたい。テレビでは、石原裕次郎が、毎週刑事ドラマの親玉になって出ていた。派手なワイシャツや、指輪より光るカフスボタン、船乗りのようなしろい背広で、いつもしかめつらをして、屋上で煙草をふかしていた。

父は、そうかとうれしそうに、上着のポケットに手をつっこんでみたり、内ポケットのネーム刺繍をたしかめる。

ほめてないけどと思ってもだまっているのは、あたらしい服ができるのは、うれしいと知っていたからだった。あのころはまだ体がちいさくて、母が仕立ての服の残り布で、あれこれ作ってくれていた。

センスはわるいけど、お父さんが働いて、お父さんが買うんだからいいのよ。母も、父の着道楽には大らかだった。

そうやって、父は洋服ダンスを買い足すほど、つぎつぎと背広を増やした。着古した背広も靴も、おれの歴史なのだ。そういって捨てないから、増えていくばかりだった。

中学にあがり、セーラー服を着るようになると、ブラザー紳士服の衣紋かけをひとつもらった。

服のブラシのかけかたと、革靴の磨きかたは父に習った。

ほこりっぽい靴で出かけたり、制服をぬいだままにしておくと、くちうるさく叱るのも父だった。休日には、ついでに靴を磨いてもらった。顔のうつるほどきれいにしてもらって、つぎの日にすぐきたなくして、また叱られた。

なんとか高校にひっかかり、ジャンパースカートのうえにブレザーを着ると、肩がこった。丈夫がとりえの生地は重いと、母がいう。

毎朝父とおなじ電車で、新宿まで出た。

うちのお父さんは、よそだとりっぱに見える。母がいうのが、はじめてわかった。

日曜ごとに刈りあげる髪は、早くにしろくなった。背広は鎧（よろい）のように、すきがない。出かける直前に、ワイシャツをひろげる。クリーニングのおじさんに渡すとき、糊をいちばんかたくと必ずいう。折り紙のようになって、もどってくる。

背すじをのばし、混雑する地下道に消えるうしろすがたにくらべると、先生や、電車で見るほかのおじさんたちは、ふんにゃりしていた。

そういう背広をまぢかで見ていたので、いまだTシャツにジーンズばかりを着ているくせに、目だけがおごっている。

電車に乗って、仕立ての背広を着ているひとは、ひと月ひとりも見かけない。ずいぶんりっぱなおひとでも、だれかの体にあわせた上着やズボンに、じぶんの腕や腹を押しこんでいる。背広なのに、ジャージ姿のように見えるひとが増えた。

からだにぴったりあっていて、ふんわりゆとりがあるの。テレビを見て、母がほめるのは、お昼のテレビの司会をしているふたりぐらいになった。

父のひいきのカクマツ洋服店はもう店を閉め、ブラザー紳士服店も、開いたり閉めたりをくりかえしている。

……つるしなら、一着作るぶんで二着買えるから、もう作るひとがいなくなったのだな。

一生ぶんの背広を持って、満腹の声で父がいう。

東北には、幼稚園にはいる直前までいた。せっかく紺いろの制服を作ったのに、通えなかった。つたない運針のような雪国の記憶に、カクマツのおじさんがいた。

えんじのカーディガンを着ていた。父の、背広の仮縫いに、ついていったときだった。

くろい長椅子にすわると、おじょうちゃんいくつ、めんこいね。おじさんが、身をかがめて話しかけてくれた。

テーブルのうえには、ボール型のガラスのいれものがあった。

おじさんはふたをあけ、銀紙にくるまれたしずくのようなお菓子をくれた。むくと、チョコレートだった。口にいれると、甘さが濃くて、粉っぽい。いつも食べているのとちがうから、おいしいと思わなかった。

その横で、父が背広を着ていた。肩ぐちに虫ピンがたくさん刺さっていく。おじさんは、父の肩に顔をよせ、口にピンをくわえては、さしていく。

ずっとあとになって、ハーシーズのチョコレートを食べとき、カクマツのおじさんがぽんとあらわれた。

あかい服を着ても、人形を抱いても、ぼくいくつといわれたころだった。はじめて、おじょうちゃん、めんこいねといってもらった。

恩を思い出し、ありがたく口にいれたのに、銀紙のなかは苦手な味のままだった。

ひとそろいの湯

休みの日の昼ちかく、きょうも冷やし中華にしようかと考えるころ、ラジオで民謡をやる。その土地の名人の声をきくと、いいなあと目をつぶる。歌っているひとの声に手をひかれ、いったことのない山河に出かける。

馬や船にゆられ、木を切る音や、水の流れを聞く。名物をたらふく食べ、暮れた里の艶っぽい酒宴にまで呼ばれる。ぽかんと聞いているだけで、いい休みになる。

まえは、あたらしい音楽を知りたがってばかりいて、尺八や太鼓がおっとりはじまると、べつの番組にしていた。

耳がなじんだのはこの五年で、銭湯のおかげだった。アパート近くの風呂にいくと、いつも民謡がかかっている。

Tシャツを脱ぐ。ばんざいついでに天井を見あげたままでいると、最上川音頭だった。湯気でくもったガラス戸のむこうで、カコンカコン、湯桶があいの手をうつ。

首のうしろからつむじまで、ぴんと張った声をききながら、おおきな熱い湯につかると、歌が

かわる。のばす出だしの声といっしょに、息をはく。

会津磐梯山(ばんだいさん)は
たからの山

風呂をでて、汗のひくのを待つあいだ、歌のなかにしか残っていない景色をのんびりながめ、過ぎた一日をねぎらうように、うちわをつかう。

ひとと自然は、ずいぶん離れた。

このごろは、恋の心情ばかりになった。演歌に民謡の流れがあっても、のどかさがたりない。春の田畑にたなびく風よりも、嵐や吹雪にいどむような歌が多い。

なんでもない山、のどかな川をありがたい、ありがとうと喜ぶ。いつか、そういう歌をみやげにする旅がしてみたい。昔のひとたちは、そうやって土地の歌を持ち帰り、ひろめた。

番台には、おじさんとおばさんが交代で座る。ときおり目をつぶって聞いているから、民謡好きはおじさんかなと見ていた。

りっぱな玄関を見あげる。そこから女湯の中庭、裏の焚きつけ場まで、太い藤の枝が龍のよう

にのびている。

いつか、昼に通ったとき、植木やさんが枝をはらっていた。その翌年から、花のつきが悪くなった。藤は、はさみを嫌う木と覚えた。

細い路地をぐるりとついてくるから、葉がつくと夏に涼しい木陰ができた。藤は、花どきをすぎても、枝ばかりになる冬も、表情がある。毎日歩くうち、むかいの犬にもなつかれた。

子どものころは、犬は怖くてさわれなかった。いまも、吠える犬は、すこしひるむ。シロはもうおばあさんで、夕飯をやるついで、シロの家のおばさんが玄関さきに水をまく。そのあいだ、首輪をはずしてもらって、路地を自由に往復している。

犬小屋のまえから、ふわふわと歩いてきて、しっぽをふる。やさしい黒い目で、おかえりなさいと近づいてくる。そっとわきにくっつくと、銭湯の玄関までいっしょにくる。そうして、また明日ね。小屋に帰っていく。

冬のあいだは犬小屋にいて、目があうと出てきてしっぽをふってくれる。毎日顔をあわせ、シロのおかげで、犬はもう怖くなくなった。耳のあいだや首輪のなかに指をいれ、つくつくとかいてやれるようになった。

すこしまえまで、電話番の仕事をしていた。

八月の盆のころや台風がくる日、きょうは電話もこないだろ、もう帰っていいよ。社長が早びけさせてくれた。帰るとちょうど風呂のあくころだった。

ぽかんとあいた、ありがたい暇だった。せっかくの時間をどうしようか。まず風呂にいって、それから考える。

いつもよりはやい時間にいくと、いつもと違うひとに会う。夕飯の支度のまえに一番湯につかる常連さんは、気みじかそうなおばあさんが多かった。

勤め帰りの七時ごろは、ちょうどご飯どきだったり、おもしろいテレビをやるからすいている。ひとり暮らしのおばあさんや、これから駅の反対がわの店に出るママさんが、顔なじみだった。台風の目がくるからと、早く帰してもらった日の脱衣場は、はやめはやめに動いてしまおうというひとたちで、ずいぶん混んでいた。

……いやだわね、こっちにもくるんだって。

おおきな川が近くにあるから、おばあさんたちは、昔はこんなのんきに風呂なんかつかっていられなかった。パンツ一枚でなつかしがり、これからヨーカ堂に寄って帰ろうと相談する。

駅ビルの屋上にいって、もくもくと迫る台風雲を見ようか。きっとすいているから、また電車

に乗ってデパートにいこうか。

きょうはもう、なんでもできる。裸で思いをめぐらせていると、船出のような高ぶりがある。そのままどこかでビールを飲んで、なんにもしないでふらふらになってもいい。

じっさい、そうなるほうが多かった。

さっぱりして佐渡おけさを聞くと、もう一日をやりとげてしまった気になる。シャツのボタンをとめて、下駄箱から靴を放りだすと、さきがひだりに向いている。

気づけば、うっかりビールジョッキを握っている。おおきな輪ののっかった天気図をながめ、そういえば、シャツでも買いにいこうと思っていたんだっけ。あとの祭りとなっている。銭湯と、三軒どなりの酒場は、それでひとそろいになっていたから、早い時間に風呂にはいると、からだもひとそろいと思いこんでいる。

相撲やヤクルト戦をやる日は、テレビの見える席を目指して、あわてる。

しめった髪でのれんをくぐると、湯あがりの幸せをすませたおじさんが、血のめぐりのよくなった頬をして、テレビを見あげ、ほうけている。男湯にはかなわない。

つめたいトマトと、とうふ。二杯飲み終わるころ、木の丸椅子は、ぎゅうぎゅう詰めになっている。

若松ヤクルトの優勝したすばらしい年、この古い酒場の屋根や柱が、地震に耐えられなくなっているとわかった。建替えが決まった。

ずっとさきの工事休業のあいさつが、はやばや店に貼られた。休みのあいだどこの店に流れるか、心づもりも間にあわず、ずっとさきと思っていた工事が始まる。煮込みの恋しい寒いころ、更地になった。

風呂を出て、三十歩でビール。長年のリズムがくずれた。急場しのぎにべつの店に行くようになり、銭湯もその近くに寄る。

ふだんとちがう風呂も、ふた月通えば、なじみのおばさんに寒いわねえと声をかけられる。空気が澄んで、星ぼしに爪をたてるような藤の枝も見ないまま、冬はすぎた。

つぎの年、ようやく酒場が新装開店となっても、しばらくはきっと騒がしいと、遠まきにしていた。

桜が咲いて、そろそろのぞきたくなる。ひさしぶりに、民謡をきいてたっぷりしたい。路地をいそぐと、小屋のなかでシロはぐっすり寝ていた。下駄箱の、土橋の背番号五番はあいていて、縁起がいい。

のれんをくぐると、こんどは脱衣場に貼り紙があった。長いあいだお世話になりました。閉店

のあいさつだった。

半年、来なかった。女湯にそんな浮気ものがいるから、きっと男湯は、もっと客が動いている。

客あしだけが理由と思わない。この湯は、町でいちばん便利のいい商店街のまんなかにある。

すぐそばにあった湯は、はやばや閉めて、背の高いマンションになった。

毎日通うおばさんたちも、もう残念ねとかさびしいわねとかいわなくなっていた。

天井の高い窓があいているのに、重たい湯気が抜けていかない。すこーんと抜ける三橋美智也

の声に、うしろ髪ひかれるわびしさがかぶさる。

風呂からあがっても、どこかしおれて三十歩。酒場のまえには、まだ長い列ができていた。

戸があいて、のれんのすきまをのぞく。

あたらしい明るいあかりのなかで、おじさんが元気にしている。ぎゅうぎゅう詰めのカウンターでは、見知った顔のおじいさんが、肩をすぼめて飲んでいた。

ならぶのが苦手で、そのまま離れた。もうしばらくと遠のくうち、銭湯は閉まった。この湯の、さいごの藤を見なかった。

あとは、駐車場と薬のチェーン店になった。酒場はますます大繁盛となって、遠くの町からもお客がくるようになった。まだいちども入っていない。

やさしいシロは、死んでしまった。

入り口を板でふさいだ小屋が、残っている。見たくないから、この道を通らなくなった。シロがいなくなって、犬と疎遠になれば、また怖いものになっていくかもしれない。

あの湯にいった最後の日。貼り紙を見ながら服を脱いだ。

ここが閉まったら、どこにいこうか。ぼんやり考え、ほそい息を吸う。この薄情とおなじ匂いをかぐ、しめった鼻を知っている。

実家ではずっと猫を飼っている。

最初のきじ虎を飼って三年して、兄が赤ん坊の三毛をひろってきた。兄貴分のきじ虎は、三毛のめんどうをよくみる。二匹は、ずっと仲がよかった。

春さき、きじ虎のぐあいが悪くなり、だんだん動けなくなった。

一日じゅう眠って暮らすようになるうち、いつもまとわりついて、きじ虎の腹に鼻をくっつけて寝ていた三毛が、ぴたりとそばに寄らなくなった。

チャーは、もう死ぬ。はじめにそう覚悟したのは、ちいさなピーだった。

とめられないことは、山ほどある。

熱い湯につかり、思い出していた。

夏のにおい

東京の子どもは、水泳帽に赤や黒のテープを貼りつける。水面に、顔をつける。えいと全身もぐる。だるま浮き、ふし浮き、プールの横はばを立たずに泳ぐ。息つぎを覚えると、いよいよ二十五メートルに挑む。

泳法の級がひとつあがると、赤いテープが一本二本と増える。テープの長さも変わっていく。帽子に黒いテープのある子どもは、泳ぎがうまい。夏のあいだ、得意顔だった。

関西そだちの友だちは、一目でわかる目じるしなど、なかったという。ほかのところでは、どうなのかな。話すあいだも、だだちゃ豆をつまむ手をとめない。

おじゃましまーす。さっき友だちが部屋にはいってきたとき、なつかしい夏のにおいがした。ビールを出してふりむくと、机のうえに透明なバッグがある。夏と思ったのは、暑さであたたまった、ビニールのにおいだった。

かわいいね。ほめると、夏だからいいかなあと思って。すこし恥ずかしそうに、ピンクの持ち手をつついた。

六年生がひとあしさきに水着になって、プール掃除をしてくれた。苔まみれだった水が澄み、みずいろのプールがあらわれるのを、金網にしがみついて見ていた。

家に帰ると、おなじ社宅に住むまゆみちゃんと、洗面台の穴に栓をした。水をはり、息をとめる。はじめてのプールにそなえ、顔をつける練習をはじめた。

水着の胸に、しろい布を縫いつけ、クラスと名まえを書いた。

紺いろの水着と黄いろい水泳帽は、小学校のわきの文房具店のおじさんが、学校に売りにくる。母が、まゆみちゃんのお母さんといっしょに学校にいき、買ってきた。

あたらしいピンクのバスタオルを、プール用におろしてもらう。それから、母のうしろについて、はじめて大通りを自転車で渡った。

しろばらやは、いつもおしろいの香りがする。大通りのさきにあるから、百円玉をにぎってひとりで来るときは、歩きと決まっていた。

無事に渡りきり、細ながい商店街にはいる。踏切を渡らず、くだものやを左にまがる。

バスどおりから、枝わかれに細い道がいくすじもあった。おつかいのおばさんたちが、たくさんいる。ひかないように、つまさきで道をつつきながら、こいでいく。

しろばらやは、左とみぎに自動ドアがある。ショーウィンドウには、ぬいぐるみや造花や、水着の女の人のポスターが飾られている。

みぎのドアからはいると、化粧品売り場、左のドアの灰いろの敷ものにのる。ゴーンと音をたてて開くと、大好きなキティちゃんが待っている。なかではつながっているのに、気が急いて、かならず左のドアからはいった。

……どれにするか、見てなさいね。

母はいいおき、買いものをすませにいく。きょうも、棚の最上段にいるぬいぐるみのキティちゃんは、ビニール袋をかぶってスヌーピーとならんでいる。

なにか、新しいものがあるかもしれない。いつもの棚を点検する。

三本百円のえんぴつ、コーヒーの香りのする消しゴム。絵のついたちり紙。弁当箱や歯ブラシもほしい。ハンカチのはいった棚をくるくる押すと、おしろいの甘さもまわった。

買うときは、化粧品売り場のお姉さんがレジをうってくれる。ピンクの小袋にいれて、きいろいセロハンテープでとめてくれた。

マニキュアを塗った長い爪を見て、おかあさんもマニキュアつけたらといったことがあった。それじゃあ気になって、ごはん作れない。足だけでじゅうぶんよ。

母も夏になると、くすんだピンクのマニキュアを足の爪に塗った。かかとのあるサンダルのさきに、ピンクの爪が見えるのが、うらやましい。おとなになったら、ぜったい塗る。そう決めていた。

店のおくのガラスケースのなかには、陶器の人形、ガラスの鳥、ちいさな鏡台、子どもだけではさわってはいけない品物がはいっている。ほうと見とれると、ガラスが息でしろくなる。

夏でも、息はしろいんだ。わかったとたん、くしゃみが出た。

しろばらやのいやなところは、いつも寒い。ずっといたいのに、すぐに腕がざらざらと粟だつ。

店のお姉さんたちも、一日じゅういて寒いからか、こっそりコーヒーを飲んでいた。香りとりどりの化粧品に、コーヒーがまざる。気持ちわるい。そう思ったとたん、暑さと違う汗が出る。

店さきで、ごうんとドアが動く音がした。タータンチェックの布袋を肩にさげた母がもどってきたのを見て、くっつく。

……あいや冷たいこと。決まったら、外にいればよかったのに。

寒くても、気持ちわるくても、しろばらやにいていいのに、しろばらやから出ていられるわけはなかった。

決まったのときかれたら、すぐさまこれとつかむ。

透明で、赤い持ち手のパティちゃんのバッグは、店さきにぶらさがったときからほしかった。ゴムぞうりもパティちゃんだから、おそろいにすると決めていた。

こっちのほうが、丈夫そうじゃないの。兄と色ちがいの赤い巾着袋をすすめられぬよう、うしろのほうに隠しておいたのに、母は見つけて引っぱり出す。

そんなの、男の子だよ。あいちゃんも、みなちゃんも、こういうのだよ。全身全霊で訴えると、顔も足もますますつめたい。

しかたないわね。緑のがまぐちが、ぱちんと開く。

しめた。もうひと押しと図に乗った。おかあさん、ブラシもほしい。ねだると、そんなのは、うちにいっぱいあるの。ぺしゃんといわれた。

水着とバスタオルをいれて出かけ、もどってくると、しめった水着とバスタオルを洗濯機にほうりこみ、バッグはベランダにぶらさげた。

そうめんを食べ昼寝をするうち、バッグはかわいている。スイカをかじって、皮をカブト虫にやると、ビニールバッグにぬりえやサルの人形やまんがをいれ、ピンクの自転車のハンドルにひっかけ、社宅の門までいく。

まーゆーみーちゃん。呼べば一階の窓から、赤いめがねのまゆみちゃんが、まるくてしろい顔

を出した。

すぐまえの公園まで乗りつけ、木かげでままごとをしたり、ちょろちょろと流れる水に足をひたした。飽きれば、どちらかの家にいって、ぬりえや歌手ごっこをした。

楽しみにしていたプールは、なかなか上達しなかった。

浮くようになったのは、学校のプールではなかった。親戚のお姉さんが連れていってくれた、千駄ヶ谷のプールだった。

屋外の子どもプールからは、きいろい電車が過ぎるのが見える。くるぶしほど張られた水のなかで、あおむけになってながめていたら、足がぷくんと浮いた。腹ばいになっても、また浮く。思いきって顔をつけてみたら、ふし浮きができた。

それから室内の、学校とおなじ深さのところで、おそるおそる試したらやっぱり浮いた。足を動かしたら、すこし進み、苦しくなって立った。

一年生の夏は、ここまでだった。水泳帽には、短い赤いひもが二本、十級だった。

夏のおわり、ゴムぞうりの鼻緒がきれた。二学期になって、学芸会の練習がはじまるころ、ビニールバッグはかたくなり、持ち手もひび割れ、ちぎれた。

郵便はがき

おそれいりますが切手をおはりください。

101-0052

東京都千代田区神田小川町3-24

白水社 行

購読申込書

■ご注文の書籍はご指定の書店にお届けします．なお，直送をご希望の場合は冊数に関係なく送料300円をご負担願います．

書名	本体価格	部数

★価格は税抜きです

（ふりがな）

お名前　　　　（Tel.　　　　）

ご住所　（〒　　　　）

ご指定書店名（必ずご記入ください）	取次	（この欄は小社で記入いたします）
Tel.		

『店じまい』について	(3178)

■その他小社出版物についてのご意見・ご感想もお書きください。

■あなたのコメントを広告やホームページ等で紹介してもよろしいですか？
1. はい（お名前は掲載しません。紹介させていただいた方には粗品を進呈します）　2. いいえ

ご住所	〒　　　電話（　　　）		
(ふりがな) お名前	（　　歳） 1. 男　2. 女		
ご職業または 学校名		お求めの 書店名	

■この本を何でお知りになりましたか？
1. 新聞広告（朝日・毎日・読売・日経・他〈　　　〉）
2. 雑誌広告（雑誌名　　　）
3. 書評（新聞または雑誌名　　　）　4. 出版ダイジェストを見て
5. 店頭で見て　6. 白水社のホームページを見て　7. その他（　　　）

■お買い求めの動機は？
1. 著者・翻訳者に関心があるので　2. タイトルに引かれて　3. 帯の文章を読んで
4. 広告を見て　5. 装丁が良かったので　6. その他（　　　）

■出版案内ご入用の方はご希望のものに印をおつけください。
1. 白水社ブックカタログ　2. 新書カタログ　3. 辞典・語学書カタログ
4. 出版ダイジェスト《白水社の本棚》（新刊案内・隔月刊）

※ご記入いただいた個人情報は、ご希望のあった目録などの送付、また今後の本作りの参考にさせていただく以外の目的で使用することはありません。なお書店を指定して書籍を注文された場合は、お名前・ご住所・お電話番号をご指定書店に連絡させていただきます。

透明のバッグをしろばらやで買ったのは、一年生の、この年だけだった。

つぎの年、おなじ商店街にはじめてファンシーショップというのができた。買いものをすると、袋にちいさなおまけをくっつけてくれる。スタンプカードがあって、たまるとプレゼントがもらえる。

ささやかなこづかいは、みな新しい店で使うようになり、しろばらやのキティちゃん売り場は、婦人服売り場にかわった。

このまえ、しろばらやのある駅で、バスを乗りついだ。

二十分ほど待つあいだに、枝葉の道にはいりこむと、角の酒やに見おぼえがあり、左右の自動ドアでわかった。

しろばらやは、間口のかわらぬまま、おおきなきいろの看板がかかっていた。薬のチェーン店になっていた。

ショーウィンドウは、トイレットペーパーや洗剤がうずたかくつまれ、なんのしゃれっ気もなかった。期末大特価。乱暴な字の貼り紙が、ガラスにべたりと貼りつけてある。

この店も、なかにはいれば口紅やおしろいも売っている。使っている化粧水がきれそうになっていて、このチェーン店で買えば安いとも知っていた。

はいらず、バス停にひきかえす。買いものに集中する奥さんたちにまざると、いちばん背が高かった。

千駄ヶ谷のプールは、スケート場になったときいた。

しろばらやの紙袋は、どんなにちいさくても、そっとあけるとおしろいの香りがついてきた。うっとり目をとじ、いつかお城に住んで、しろばらやで売っているかわいいものにかこまれ、ひらひらのドレスを存分に着ると吸いこんでいた。

このまえ、蒸し暑い店さきには、洗剤や防虫剤がならんでいた。角ばった日常のにおいが、いまではさらに細い道に、つんとせり出していた。

角に立つ

週にいちどは、上野にいる。どこに行こうか。迷うまえに、不忍池（しのばずのいけ）で、ソフトクリームをなめている。

風呂も飲み食いも買いものも、用事はみな足りる。いっそ住んでみたら、よその町に遊びにいくのかもしれない。

夕方、友だちから連絡がきて、上野あたりにいるなら飲みませんかと誘われる。このひとのご明察は、きょうだけではない。ちょうどアメ横でジーパンの試着をしていた。

すっかり涼しいのに、かたいジーパンに足をつっこみ、よろけたとき、カーテン越しから、どうすかーと、店のお兄さんの声がきこえたりするとき、汗だくになるのは不思議なことだった。

五年ぶりにあたらしいジーパンを買い、裾をたっぷり切ってもらう。お兄さんはひざまずき、慎重にこまかくピンをうち、刺さんないように脱いでくださいといった。近く取りに来るからと頼み、店を出て、風呂にいく。さっぱりと、待ちあわせた。

……天気がいいから、ふらついてるんじゃないかなあと思ってた。

買いものしてたんだと、薬局チェーンの袋を見せた。歯ブラシとウコンだった。この友だちとはウコン仲間で、いつもの濃縮ウコンが安かったから、ふたつ買ってひとつ渡した。

平日のアメ横はすいていて、腰をすえた買いものができる。いちど消え、びんのかたちを変えて出直してきた化粧品を、高架下にならぶ店をひとつずつまわって値段を見た。

けっきょく、おなじものなのに千五百円も違った。ひとつの店で、すべての品が安いわけではなかった。それぞれ、得意の品や会社がある。

報告しながら、交差点でとまる。横断歩道のさきに、おおきく、閉店とある。また閉店してるね。二十円、五十円のものってなんだろう。赤信号のさきのにぎわいに、首をのばす。

上野広小路の交差点では、しょっちゅう閉店セールをしている。

閉店のリレーをするように、店がかわる。

おおきな大黒様の石像、木彫りの熊シャケ、七宝焼の壺など、大型高級品がならんでいたと思うと、中南米雑貨の店になって、コンドルは飛んでいくのCDを売っている。

化粧品、古着、健康器具の店もあった。閉店といっても、ひと月くらいの周期で、ころころと変わっていく。

……いよいよ閉店でございます、ながい間のご愛顧ありがとうございました。店の男のひとは、経読み声でくりかえし、ダンボール箱をつぎつぎひっくり返していた。

二十円は靴下、五十円はちいさなタオルだった。店のおくには、下着や服もあった。そっけない期間限定の店なのに、閉店の貼り紙と呼びこみにつられて、どんどんお客がたまっている。

ここに開くひとたちは、きっとよその町に移っては、短いあいだ貸す場所で、閉店セールをする。閉店ならば、安いにちがいない。そう思う気持ちをよくよく知っているのが、商才のありようだった。

二十円と五十円のほかは、すぐそばの現金問屋のほうが品が豊富で安いから、なにも買わず、おでんやにむかった。

角地の店は、案外ながく続かない。ああ、おいしくて、こわい。そういって、すりきり一合のコップに、唇を寄せる。

飲み歩く横丁にも、便利でめだつのに、店がどんどん変わる角がある。可もなく不可もなくの店では、なぜだかもたない。目だちすぎて、かえって見落とす。きわだつ特徴がないと、地の利に負けるのかもしれない。

行列のできるラーメン店には、はるばる電車で通うひともいる。酒店直営の古い立ち呑みやも、

おじいさんたちがはみ出している。家賃も、角部屋がすこし高いと友だちがいうから、安いこともあるよと教えた。

まえに住んだアパートは、角部屋が三千円安かった。下見をさせてもらい、わけをきくと、車にのせてくれた背広の青年が、いっそうやわらかい声でいう。

……このアパート、築年数がいってまして、ちょこっとだけ傾きがあるんです。

車をおりて、建物を一周した。古くても小ぎれいなアパートは、けちして切ったケーキのようだった。はじの部屋は、眼鏡をかけなくても、かしいでいるとわかった。

管理人さんがいいひとで、駅にも近く、なにより家賃が安い。最上階のまんなかなら、つぶれても死なないと、借りた。

引っ越すと、友だちが遊びにきた。つれてきた子どもがゴムまりを持っていて、ためしに床に置いたら、玄関までまっすぐころげていった。

新入社員のころ、先輩につれていってもらった定食もみじは、繁盛していた。とうのたった美人姉妹のカウンターだけの店は、坂をおりきった角の店だった。

会社は、お屋敷町にあり、昼を食べに行ける店はすくなく、週にいちどはもみじになった。満

員でならぶから、すこし遅くにしましょうか。先輩は、いつもそういった。

財布とハンカチをむきだしに持ち、そろそろ秋刀魚（さんま）もいいかな、帰りにおやつも買いましょうとおりていくのは、たのしい。おりる坂のまんなかで、焼魚のしろい煙と鉢あわせした。

……ごはんもおみそ汁も、いっぱい作るとおいしいのよね。

先輩はほおづえしてお茶を飲む。魚の焼けるのを待つあいだ、学生のころのこと、読んでいる本のはなし、取引き先のひとのことを聞く。

ごちそうになってばかりいた。長いこと、お昼はひとりだったから、たのしいからいいの。先輩は、お金を受けとらないことしばしばだった。

いっしょにお昼を食べるのも、あとふた月のことだった。だんなさんの転勤で、外国に行くことになっていたからだった。

伝票の書きかた、電話の受け答え、さまざまな相談のしかた。引き継ぐことは、日本じゅうの山よりたくさんあった。

先輩といれかわりに、ふたりで勤めることになっていた。いっしょに入った新人さんは、ほかのお勤めをしていた、頼れるひとだった。それでも、明るくてきれいで頼もしい先輩が抜けてしまうのは、心細いことだった。

お世話になったお礼にお餞別(せんべつ)をというと、ちいさい財布を気づかって、梅干と醬油さしという。いまなら、もっとおいしい梅干や、具合のいい醬油さしをさがせる。あのとき、デパートだけをのぞいて決めたことを、年を経るほどに申し訳なく思っている。

やさしい先輩が旅立ち、年のかわらぬうちにもみじは消えた。閉店いたします。ありがとうございました。もみじ。秋の三連休が終わると、それだけ書いた紙が貼ってあった。

無口な姉妹は、ふたりとも短い髪、細面でエプロン姿だった。

さっきまで、お姉さんが卵を焼いていたのに、ふりむくと、妹だった。妹が水をついでくれて、会釈すると、姉だった。あうんの呼吸で切り盛りして、おしゃべりするひまがなかった。

いちどだけ、大雨のだれもいない日があった。ふたりならんで、ぽかんとテレビを見あげているところにはいった。ふたりそろって、はっと首をもどし、いつもの早まわしがはじまった。道でじゃれあう猫にあったときとそっくりで、かわいらしかった。

もみじは、ちいさな家の一階だった。姉妹は二階に住んでいると思っていたので、暮れの工事がはじまると、おどろく。もみじは、その家ばかりでなく、角ごと消えた。

見通しのわるい細い坂は、タクシーの裏道で、出会いがしらの交通事故が多かった。工事は、角を削り、道幅を広げるためだった。

家の解体など、一日もかからない。もみじは、ちょうどおでんの大根を面どりするように、するりと落とされた。

角がまるまって、車はますます増えた。坂をおりる用事もなくなって、しっかりものの同僚にならって弁当持ちにすると、昼に外に出るのが面倒となった。

……あの角ね、くだものやの看板を、左です。

とうふやのおじさんが、道を教えている。たずねた奥さんが、会釈しながらまがっていく。

昼寝にはぐれて、商店街をぶらぶらする。角のくだものやは、越してきてからずっとシャッターがおりたきりで、看板だけが目じるしとして働いている。

ちいさな友だちと遊ぶ約束をする公園は、たばこやの角をまがる。

このあいだまで、おばさんのいた店は、しまりがちになった。四時にもどりますと、走り書きを貼る日もある。おじさんが入院して、毎日ようすをみにいくからだった。店のまえには、自動販売機が一台増えた。

たばこに用事はなく、あてにしている切手やはがきが買えないのが、不便になった。

納豆は混ぜないとガンの予防にならない、公園も並木も、花どきに枝をはらうからお役所は大

嫌いだ。食後は、すぐ横になると消化によい。むかしは、牛になるって叱られたのにねえ。まえのポストにはがきを出すたびに、声をかけてくるおばさんにつかまらない。どことなく、ゆっくりしない。

地図を書くと、角の景色が変わるはやさに気づく。

このあたりの地図を書いたらおもしろいと、思う町もある。このあいだ、上野から鶯谷まで歩いたときも、そうだった。

辻つじ角かど、みなラブホテルの地図をながめて飲むのは、ずいぶんと色っぽい。

受け身の音色

近所の商店街が、スタンプカードをはじめた。五百円にひとつ押してもらえて、五十個たまると五百円の金券として使うことができる。

けっこうすぐに、あがりだよ。ビールを買ったとき、酒やのおじさんが作ってくれて、がまぐちに入れてある。

おなじ通りにあるのに、スタンプを押さない店もある。会計のときいっしょに出して、うちは加盟しておりませんといわれ、ばつが悪かった。それからは、スタンプ押せますか。聞いてから出している。

薬のチェーン店、百円均一の店、洋菓子店がだめだった。

コンビニエンスストアは、押してくれるところがひとつあって、もっぱらそこで買うようになった。クリーニングを出す店は、銭湯で教わった。いちばん新参の店が加盟して、お客を増やした。

期限は年内。いまのところ、三枚めの半分までできた。たまったら、いつもより千五百円高い焼

酎を買うと決めている。

まとめ買いのやりくりが下手で、野菜、とうふ、肉や魚はなかなか五百円に届かない。暗算はもっと下手だから、これでどうだと会計にならび、四九八円となってがっかりする。

メンチカツに、ポテトサラダ一〇〇グラムに、ベーコンと奮発する日は、はりきって出かけた。近いから袋いりませんというと、ハムみたいな腕っぷしのおじさんが、ポンポンと押してくれた。……これね、うちは袋いらないひとにサービスしてんの。

スタンプカードは、もらっても、たいていたまらない。洋服、化粧品、スーパーマーケット。ほかの町の支店でもご利用になれますと誘われ作っても、つぎに出すときはたいてい期限ぎれになっている。浮気しがちな店のものは、みなだめだった。

けっきょく、たまる店のカードをふたつ残し、あとはみな捨て増やさない。文房具の金券は、あき箱にぎゅうぎゅうにつめて、ふたがしまらなくなったら使う。紙やボールペン代の、三ヶ月ぶんになるので助かる。

CDの店は、のぞけば手ぶらで出ないから、どんどんたまる。機械を通すうすっぺらなカードは、地下鉄のものと似ていて、がまぐちに入れてもじゃまにならない。

店のひとが、みなしっかりしているのも心強い。ラジオできいて書きとめた、あやふやなタイ

トルや名まえを、きちんと調べてくれる。在庫のないものや、輸入盤もすぐに取り寄せてくれる。銀座、渋谷、池袋、上野、なじみの町に店があり、それぞれに、信用できるひとがいる。もう何枚もためた。このカードができてからは、よその店をまるで見なくなった。

カードがいっぱいになると、よく知らないCDをもらう。失敗しても悔しくないのがぜいたくだった。売り場のおすすめをもらって、前作、次作と買いそろえた歌手もおおい。

売り場をめぐり、ヘッドホンをかぶっているうち、半日がつぶれている。

ここにいるときの気分は、雑誌で見た洋服や化粧品がどうしてもほしくて朝一番に駆けつけたり、書店のなかを一日くまなく見て飽きないひとたちと近いと理解している。太っ腹に使うところのカードがたまるなら、なじみの居酒やも出してくれればいいのにと、欲をかく。

寒い東北の家には、本の付録の、透ける赤や緑のぺらぺらのレコードがあった。ほかにも黒いドーナツ盤があった。

かけてかけてとせがんで、ふたをあけ、レコードを置くまんなかに、ちいさなふたをかぶせる。針には触ってはいけないことになっていた。

どんなに泣いていても、レコードがかかれば機嫌よく、ぞうさんを歌い、ドロップスの歌で踊

る。どれも兄のおさがりだった。

兄とならんでバビル二世をきいていると、とちゅうでとめる。かけるぞかけるぞー。低い声でとりかえる。耳の穴に指をつっこみ、逃げ出した。おどかされるのは、カイキダイサクセンという、テレビ番組のレコードだった。

ちいさなレコードプレーヤーから、勢いのある前奏がはじまる。一小節めのすぐあとに、すさまじい絶叫がはいっている。このころの、この世でいちばんおそろしいものが、このレコードだった。

東京に来て幼稚園にはいると、社宅の一室におおきなスピーカーのステレオがあらわれた。機械の苦手な父と母が、徹夜で配線をつなげた。

父が朝からアルゼンチンタンゴをかけ、母が越路吹雪をかけ、そのうち兄がカーペンターズに熱中して、三人はレコードをかける順番をうばい合っていた。

父は勤めさきの新宿から、兄と母は近くのおんぷ堂で買ってきた。おんぷ堂は、ＬＰレコードを買うとポスターをくれる。兄の部屋には、カレンとリチャードがそっくりのおおきな口で笑っている大判のものや、ギターをかきならすブライアン・メイの白黒版や、長い髪ではだけた胸で寝そべるピーター・フランプトンが貼ってあった。

カイキダイサクセン以外の音は、流れていればなんでも好きだったし、レコードよりもかわいいシールやハンカチのほうが、もっと好きだった。中学にあがって、はじめてこづかいをはたいてレコードを買った。

薬師丸ひろ子の歌った「セーラー服と機関銃」だった。この歌は、おなじクラスのほとんどの女の子が髪をみじかくしたほどはやった。

休み時間には、写真集や映画のパンフレットを見せあった。薬師丸ひろ子は、中学一年生の教室では、圧倒的に女の子に人気があった。

シングル盤を買って、家族共有のスタンプカードを出す。店のおじさんは、めがねのふちをあげなおす。じろりと、なにかいいたそうだった。

この客はこんなに買ってない。なじみのなさに尻ごみして、そんなふうな目つきに見えた。シングルレコードだから、ポスターはもらえなかった。

いらいずっと音楽に、まっすぐな好みがない。

家では、兄があれこれ買ってくるのをきく。教室では、おとなびた友だちに、オフコースを借してもらった。放課後は毎日らっぱ三昧で、見てもいない映画のテーマ曲を覚え、行進しながらドラえもんを吹いた。

口をあければ餌が落ちてくるひよこのように、あるだけ耳にいれた。兄や友だちや音楽の先生のおかげで、いろんな音楽がきけた。

高校にあがってもレコードは買わず、こづかいは、もっぱらケーキやアイスクリームに消えた。大学生になっていた兄が、アルバイトをはじめたおかげだった。

時給はよくないけど、近くて好きなレコードきけるからと決めてきたのは、ひと駅となりにできたばかりの、レンタルレコードの店だった。

働いている店を、のぞいたことはなかった。頼んでおくと、ときどきアルバイト割引で安く借りてきてくれた。商品の入れ替えが早く、借り手がなくなって捨てられるレコードを、もらえるのも特典だった。

アイドル歌手のシングルレコードの束から、気に入ったB面をさがして、どんどんカセットテープにつめた。くたびれるばかりの高校生活でも、土曜日の午後に熱中する楽しみがあってよかった。ウォークマンにテープをいれ、電車できききながら通学した。

そのうち、住む町にもおなじような店ができ、兄はこちらにアルバイトをかえた。その店の短命ぶりは、不運なことだった。

開店とＣＤの出現が、ばったりとぶつかってしまい、開店そうそう時代に遅れた。ＣＤプレーヤーが、はじめから手の届く価格で発売されたのも、痛手だった。

あとを追ってすぐ、にぎやかな駅前にレンタルビデオの店ができ、ＣＤも貸しはじめた。ほんとうにあっというまに、立ちゆかなくなってしまった。

兄は就職やら、卒業論文のための実験つづきとなって、アルバイトをする暇がなくなっていたから、ちょうどいいとやめた。このときも、レコードをたくさんもらっていたかもしれない。

そのうち、のんきな高校にも受験シーズンがきて、楽しいことを遠ざけがちな空気が流れ、飲みこまれた。ためこんだカセットテープをくりかえしかけて、しのいでいた。

なんとか大学生になると、また音楽の師に恵まれた。

ジャズのバンドに入ると、先輩の口にするひとの名前がさっぱりわからない。そういうと、気前よくどんどんＣＤを貸してくれた。カウント・ベイシーよりもＪ・Ｊ・ジョンソンを練習したいといって、生意気だとげんこつをくらった。

ＣＤがほしくて電車に乗るようになったのは、勤めはじめてからだった。長年、レコードもＣＤもあふれかえっていたのに、ひとり暮らしをはじめてみたら、手もとの音楽はぽっちりしかなかった。それであわてて探すようになった。

遅ればせながら、好みも出てきた。そうして、商店街から中学につづく坂道を、鼻うたまじりでふりかえってみて、頭をひねる。おんぷ堂は、いつ弁当の店になったか。

あの店で最後に買ったものは、ありありと覚えている。はやりのくりかえすさまも、いくつか知った。リバイバルヒットした「セーラー服と機関銃」の流行を作っているのは、おなじくらいの年ごろのひとかもしれない。

ＣＤばかりになると、この世から消えて大変なことになる。ちり紙騒動のようなうわさが流れ、父にいわれておんぷ堂に走った。ダイヤモンド針を、まとめて買った。

スタンプカードを出しかけ、針はダメとさきにいわれ、はずかしかった。こんなときばっかり、顔を出して。そんな声に聞こえた。はずかしかった。

ひろい額とまるい目が、皮肉をいいたげに見えてしまう。うすい唇のおじさんだった。

ふとんやの犬

毛布を買わないように。母が電話をよこした。ひとづきあいが広がらず、冠婚葬祭にうといままでいる。デパートにいっても、贈答品売場をのぞいたことがない。なんのお返しに毛布をいただいたか、聞くのを忘れた。ついでのときに送るから。電話は、そのまま切れた。

色も柄もおとなしいから、いいでしょうとも、いっていた。ひとりぐらしを始めたころは、なんでも自分で選びたくて、いただきもののタオルなど目もむけなかった。潔癖な年ごろはとうに過ぎたのに、おなじ年月だけ年をかさね、さきを歩く母には、いまだかたくなに見えている。

親類縁者のつきあいがひんぱんで、実家の押入れは毛布敷布だらけになっている。全国的にやりとりされるものか、東北はさむいから毛布が多いのかは、わからない。

毛布は水中花のような柄が多いから、きっと慶事のいただきものだった。そうなると、しろい敷布は、お弔いのお返しにいただいたものとなるのかもしれない。

家族と住んでいたころは、好みにかかわらず青ければ兄、赤なら妹とあてがわれ、それぞれか

ぶって寝た。

毎日見ているのに、敷布やカバーでかくれているから、色柄を覚えているものはすくない。うつぶせで寝るから、枕はしない。

先月は、山のぼりをして、沢ぞいの湯宿に泊まった。

ふとんのあげおろしは、山小屋とおなじで各自がする。たどりつくなり敷けるのが、よかった。風呂から出るなりころがって、晩ご飯まで眠れたのがうれしかった。

お客は三組ほどで、相部屋にはならず、ふとんもたっぷりかさねた。もうひと月たらずで、雪が降る。暮れはじめると、寒暖計がみるみる下がっていった。

夜は、毛布をかさねて、布団のすそをこたつに差しこんで、足をあたためて寝た。いちど夜中に目がさめて、露天風呂につかった。満開の星空をながめ、湯冷めしないように駆けもどり、抜け出たままのふとんに飛びこむ。それから、今年一番というほど、深い眠りにもぐった。

翌朝、使った布団をたたむと、毛布の柄がなつかしい。赤い地に、黄や紫、青の牡丹が咲き乱れている。ひろげて、たたんで、棚にのせると、化繊の毛布は掛け布団より重たい。ぐっすり眠れたのは、この重みで寝相のわるさがおさえられたからだった。

目がさめると、反対がわをむいている。畳のうえにいる。ベットからころげ落ち、肋骨にひび

をいれた。寝相のわるさが、いまだおさまらない。帰省すると、たいてい仏壇のまえにころがっている。

そのくせ、軽い布団、軽い毛布と選び、馬なみに蹴散らし、風邪ばかりひいていた。たたんではしまい、元凶に気づく。

掛け布団のカバーや敷布は、洗いたてで破れめにちいさなつぎがあたっている。この宿の、働きもののおばあちゃんが繕った。ふかふかの布団は、ヘリコプターに積みこみ、打ち直しに出し、もどってきたばかりだった。

ふとんうちなおしいたします。

朱筆の貼り紙は、ガラスの自動ドアの開け閉めで、はしが丸まっている。

ごめんくださいというまえに、ポメラニアンが走り出る。まっすぐに駆ける通路のとちゅうで、ひもがつっぱり、ぐっとのけぞる。それからは、敵だ敵だ敵が来ましたよー。きゃんきゃんと知らせる。

入り口に積まれた座布団のあいだに手を入れ、じっとしている。はさまっている手のひらが、

つめたくしめるのは、このちっぽけな犬が怖いからだった。

子どもひとり、布団を買いに行かされたのではなく、用事はふくふくとつみかさなった山のいちばん奥にあった。この店にも、糸が売っていて、坂のうえの糸やに行くより近かった。

信号ひとつさきの書店をとおりすぎ、食料品の店をまがってすぐ。駆けるまでに見たものは、漢方薬局のアルマジロの剝製、洗い張りの店のガラスケースのなかのあかい着物、書店のまえのうすみどりの自動販売機は、なかみが銀紙でおおわれている。見えそうで見えないのは、つまらないものだ。フランダースの犬のネロを、いつも気の毒に思い出した。

そうやって駆けて来た風景は、犬につかまる。脳のなかが、じぐざぐと波打つと、すべて忘れてしまう。

座布団のむかいには、まんがの絵のついた枕や、赤ん坊用の、ドーナツ枕があった。うまれたときからあたまの後ろが出ばっていて、枕にのせてもごろんごろんとおさまらない。この枕もダメだったとお母さんがいってた。そんなことを考えながら、奥歯くいしばっている。ふっくらした優しい奥さんが出てきて、ほらほらと奥に追いもどしてくれるのを、待っている。

ちいさな木のひきだしのなかに、手縫い糸がならんでいる。坂の店よりも、色の数はすくなかった。ボタンやスナップもすこしあった。ここになければ、さらに糸やまで走らなければなら

ない。この店に来るのは、運だめしの期待がある。

これとおなじのを買ってきて。持たされたファスナーを見せ、これはないの、ごめんなさいね。そういうわれて坂を駆けあがる。

イソガバマワレ、イソガバマワレ。頭のなかでくりかえし、走る。いつもわかっているのに、さきに犬を頼りにしてしまうのだった。

丸福ふとんの店さきには、かわいい寝巻きも売られていて、とくにちょうちん袖のネグリジェは、絵にもかいて憧れた。

すでに、すくむくさんすけ（じっとしていられない）の、はだかりはっちょ（足をおっぴろげ行儀のわるいさま）だったので、寝るときはズボンのゴムのなかになにもかもはさみこみ、襟もとから両袖に、タオルを通され、布団を蹴とばしても冷えないように寝かされていた。肩がタオルでふくらむので、兄にフットボール選手と笑われ、いつのまにかそういう呼び名になった。フットボール選手になって寝なさいと、いわれていた。

きらいな犬に会わない道を選ばず、さきにこの店をのぞく楽しみがひとつだけあった。

店先のワゴンに、綿の袋といっしょにダンボールが置いてある。その箱をのぞきたかった。

さしあげます。

ふたのところに、きれいな字で書いてある。なかには、金糸銀糸鮮やかな、すべすべの布がはいっている。座布団のはぎれだった。

母の仕事部屋に散乱する服地とはちがって、赤や黄やこい紫の、着物のような布がめずらしかった。

二、三枚もらってきては、猿のぬいぐるみに巻きつけ、胴をリボンでしばる。着物を着せたことにして遊んだ。お使いよりも、はぎれの箱に用事があって、犬にたちむかっていた。

ちかくの幼稚園で、バザーがあった。

卒園生の友だちといくと、見おぼえのある布に綿がつめられ、積まれていた。もらって帰ったのとおなじはぎれで、人形用のちいさなふとんが何組もならんでいる。売っているおばさんのなかに、ふとんやのおばさんがいた。

……あら、あなたもここの子だったの。

きかれて、ちがうこの子がそうなの。友だちをつついた。首にぶらさげた財布をひらいて、こ

れください。ひと組、うちの猿に買ってやった。茶色の地に、クリーム色のバラのふとんだった。
今までは、夜は机においていた。その晩からは、横にふとんをしいてやって、ならんで寝た。朝になると、猿はふとんごと見えなくなっていて、ひろげてたたんで押入れにしまうとき、ぽろりぽろりと起きてきた。

いちばん寒いころになると、丹前をかけて寝た。おばあさんが、自分の着なくなった着物をなおして、作ってくれた。

おばあさんが遊びに来たとき、かけているのを見ると、うれしそうにしていた。この着物は、おばあちゃんが着てたんだよ。添い寝され、背なかをとんとんと叩かれながら寝た。

ふとんのうちなおしをしなくなったのは、中綿がかわったせいと思う。化繊や羽毛が増えて、重く値のはる真綿は敬遠され、ふとんは消耗品になった。丸福ふとんは、そんなことになるまえに、道路の拡張工事にひっかかったのを機に商いをたたんだ。工事がおわると広くなった道ぞいは、マルフクハイツというマンションになり、いらい、おばさんと顔をあわせることはなかった。

引っ越しの多いころ、ごみ置き場にふとんが出される。ぺたんこのせんべいぶとんが雨にうたれているのを見ると、やるせない。山の宿のおばあちゃんのように、たくさんのふとんを大事に手入れするのは、ぜいたくなこととなった。あの元気なおばあちゃんは、うちのおばあさんより

少し若いだけだった。

畳に寝るのは、帰省したときだけになった。両親も、おばあさんも、ふだんはベッドに寝ている。ふとんはおばあちゃんがたくさん持っていたし、毛布や敷布は売るほどある。買うのは枕ぐらいと、母がいう。どこのうちも、そんなものと思う。

晴れた日を選んで、干しておいてくれたふとんに寝る。もどってこられぬほど、深く寝る。

盆暮れに帰ると、昼近くまで寝て、はちきれそうな押入れにたたんで押しこむ。

下の段に、見覚えのある古いふとんがある。あかいのは、高校のときに寝ていた。みどりは、お客用だった。

どれもしみがあり、しばらく干した気配がない。そのひと山のせいで、苦労するほどぎっちりつめこまなくてはならない。

使わないなら、処分したらいいのにというと、

……これはおばあちゃんと、お父さんと、わたしのぶん。亡くなったときに寝かせて、それから捨てようと思って。あなたも覚えておいて。

ふとんやの犬に見つけられたときのように、肩がはねる。

まっしろな嘘

夕方の電車で、女の子たちがにぎやかにしている。

このごろの制服はほんとうにさまざまで、かつて、テレビやまんがであんなのを着てみたいと思ったようなかっこうになった。大勢でいないと、制服とわからないときもある。

この子たちの学校は、首巻きは自由にしていいようだった。水色の水玉もようや、あかいタータンチェックのを、それぞれ工夫して結んでいる。

五人で輪になって揺られている。ひとりが、あたしだめなんだあ。鼻にしわをよせると、あたしもー。むきあうひとりが、味方になった。

……うえにたっぷりのっていると、こうやってぜんぶよける。

フォークを握って、ひらたくさらう手ぶりだった。

すぐとなりの子は、あたしは逆という。甘いのが苦手でカスタードはだめだけど、ホイップならこうできる。

じぶんで作ったことがあるらしい。クリームをいれて飾りをつけるときの袋をつかんで、あご

をあげ、絞り口からじゅうと飲んでみせる。そのたび、やいやいといっている。あとの子たちは、どちらも好きなようだった。

甘いものが苦手なのに、生クリームはたっぷり食べられる。そのあたりのへりくつが、なつかしかった。

チョコレートよりせんべいでよろこび、大学芋よりだんぜん粉ふき芋で、弁当にはピーマンを絶対にいれてくれというような、子どもだった。

それでも誕生日には友だちを呼んで、まるいケーキを食べた。まんなかにのった板チョコに、名まえやおたんじょうびおめでとうと書いてもらってあるのが、得意だった。ロウソクをつけて吹き消す。しらふのくせに、ぱーっとやっているのぼせがあり、晴れがましい。

幼稚園から帰って、座敷におおきなしろい箱が置いてある。金糸のまざったピンクのリボンが、十字にかけてある。ケーキケーキと踊りながらベランダからおもてをながめ、友だちの来るのを待ったものだった。

……駅前の、スワンのケーキ。

お友だちのだれかがいう。

だれの誕生会にいっても、ここのケーキだった。いちごがのって、まっしろいケーキだった。男の子のところに呼ばれたら、くろいチョコレートケーキのときもあった。

毎月だれかの誕生会があり、プレゼントを持っていく。歌って拍手して、スワンのケーキを食べた。

いまもおなじ場所に、ケーキの店がある。長いフランス語の名まえが、ごにょごにょと書いてあった。

ドアごしでは、おなじ店かわからない。品ぞろえも覚えがない。あのころ、おとなについて、ケーキを買いにいったことはなかった。ケーキは、ガラスや熱湯とおなじように、あぶないものとされていた。箱を持つなど、とんでもないことだった。

ショートケーキの、三角にとがったところにフォークを刺す。シュークリームの左右の目くばり。なにひとつ、倒さずこぼさず顔じゅうにくっつけずいられなかった。

クリスマスのケーキは、特別だった。買ってくるのは父だった。

会社にまとめて注文をとりにくるところがあったのか、翌日、社宅の子どもどうしで遊び、プ

レゼントを見せあったりしていると、まえの夜食べたのとおなじケーキが出てきた。うちさあ、きょうの朝ごはんもケーキだったんだよ。うんざりした顔をした子は、ひとりっ子だった。おなじ会社から、あかい箱をぶらさげたお父さんたちが、おなじ駅で降りて、おなじ社宅に帰ってくる。

ちいさな窓のひとつひとつで、おなじケーキを食べてクリスマスを祝った。

クリスマスにかぎらず、父はよくケーキを買ってきた。

勤めが新宿だったから、土曜日のたびにデパートやなじみの喫茶店で買って帰ってきた。これをかけて食べるのだ。指導のもとに、ババロアにカスタードソースをかけたりした。

週休二日になるまえの、半ドン健在のころだった。父は、土曜日だけは、飲まずにまっすぐ帰ってきた。

母と出かけるのは、日曜の午後だった。父はゴルフに、兄は友だちと遊びに行った。それじゃあ、ぶらぶらしにいこう。銀座や新宿に出た。

夕方、各駅停車しかとまらぬ駅に帰ってくると、特急や快速が行き来する。改札はひとつきりで、踏切はなかなか開かなかった。

待つうち、背なかから甘い匂いがふうわりまとわりついてくる。じゃあ、買っていこうか。そ

れで、たいてい踵（きびす）を返し、自動ドアのまえに立った。

モンブランのケーキは、生クリームがたくさんのっていて、甘みがやさしい。ケーキのうえのくだものが、デパートで買うものよりおおきかった。値段も安かった。この駅にも、もう全国チェーンの洋菓子店があった。それでも、お客はモンブランのほうが多かった。

色じろの、背の高い若いひとが、作るのも売るのも、ひとりきりでしていた。

間口二間の細長い店の天井に、つかえるような長いコック帽をかぶって、水色のスカーフを巻いていた。


四人の家族なのに、数が悪いからと、いつもいつつ買う。それから家まで、ひとどおりの少ない道を十五分ほど歩く。

うすちゃの包装紙をふたにかぶせ、紺色のリボンで十字にむすばれた箱をぶらさげ母とならぶ。たがいに、重たいほうを持ってあげるといいながら歩いた。

道みち、きょうはよく歩いたねとか、いいものが高いのはあたりまえなんだから、安くていいものをさがしたら買ってあげるとか、最近の服は黒ばっかりだね。そんなはなしをした。

それから、

……ふつうは、中学にあがったら、親となんて出かけないんじゃないの。

いつも首をかしげられた。

日曜につれだって遊ぶ友だちは、中学でも高校でもできなかった。月曜から土曜まで、親友などと呼びあう友だちとさえ顔をあわせるのが面倒で、ときどき教室をぬけだしていた。だれにも知られていないことだった。

中学でも高校でも、らっぱを吹いていた。ブラスバンドやオーケストラでいっしょの友だちは、ひとつ心で演奏するのに、おなじようにそっけないところがあった。休みの日にまで会おうとするひとは、いなかった。

ぬけだしても、町を歩きまわるわけでもなく、どこかの屋上や神社あたりにしのびこみ、うすらぼんやりしていた。すべきことのどれもが、やりたくないことばかりだった。

大学にいってアルバイトをはじめ、やっとクリスマスや誕生日に友だちと遊ぶようになった。二十歳で、両親が田舎に帰ってしまった。おおきなケーキを切りわけ食べる風習は、ここでおわった。

勤めに出て酒を覚え、暮れに家族が顔をあわせることになった。

はじめてのボーナスで懐はほのあたたかく、デパートには洋菓子の店がつぎつぎできたから、そっちに帰るとき買っていこうかと電話をしたら、いらない、いらない。心底の声で断られ、おどろいた。それなら、あの店のせんべいのほうが、ずっといいといわれた。

父も母も兄も口裏合わせ、甘いものがきらいだという。ぜんぜん、食べなくていいという。それならかつて毎週のように食べていた父のみやげや、モンブランのケーキはなんだったのかと問いただすと、兄は、おまえが好きだったから食べてたんだじゃないかと言い返した。

ケーキを食べたいとねだった覚えは、まるでないのに、ずっと硬焼せんべいと、たこ焼きと、肉と、ばってら寿司が好物だったのに、濡れ衣をきせられていた。

それいらい、帰省みやげはもっぱらせんべいで、思い出したときだけプリンを買っていく。歯の弱いおばあさんの栄養になりそうだからと、そのぶんのふたつしか買わない。

どんどん増える洋菓子の店をまるで見ないから、酒を飲まぬ方がたへの手土産が、いつもおなじになって困る。

家族そろって、おいしそうとさえいいながら、生クリームのどっさりのったケーキをながめる。腹のなかでは不承不承つきあっているのに、おくびにもださず、ぺろりと腹におさめた。へんてこな食卓も、いまになれば団らんで、家族というのはそんなことばかりなのかもしれないと思

う。それでも、晴れておとなになって、ほんとうに助かった。

女の子たちが降りてしまい、電車はなつかしい駅にしばらくとまる。

特急に抜かされるのを待つあいだ、すこしりっぱになった踏切をながめた。それから、そういえばと目を細めてみる。

ちいさなモンブランは見つからず、背なかのすぐうしろを、特急がすっとんでいった。

座席がぐんと揺れて、いまにもどる。

われない割れもの

たいてい、銭湯のある町でふらふらしている。銀座の日は、封切り映画を見て風呂につかり、あがってビアホールにいく。壁のモザイク画やしゃれた窓枠をながめながら、ビールジョッキを握るのを、松竹梅の特松コースにしている。

二杯も飲んで腹がふくらみ、日も暮れてくると、ぜいたくがうしろめたくなる。雪にくるまれ暮らしている両親や友だちに、せんべいでも送ろうか。手帳の住所をたしかめ、走り書きして席をたつ。父の好きなせんべいは、この近くで売っている。

家族そろって東京に住んでいたころ、週末のたびに銀座に来た。転勤族の父の会社は、東北に本社があった。東京には、いつまでいられるか、わからなかった。それで、悔いの残らないよう、せっせと東京めぐりをしていた。

まだ東北には、新幹線が通っていなかった。飛行場もすくなかった。いちど地元にもどったら、ふたたび来られるかどうか、わからないころだった。

歩行者天国は、新宿よりも銀座がいい。ひろい車道で、ソフトクリームをなめながら、日本橋

まで歩いた。銀座通りの店さきには、休日だけの特売ワゴンがならんでいた。特売といっても老舗の品だから、ひやかしても買わない。手ぶらの銀ブラだった。

昼どきに行くときも、ラーメンとぎょうざばかりだった。食べざかりをふたりも連れて、毎週の散財とはいかない。

それでは、何時にここで。父は兄を連れ、書店やゴルフ用品、レコードをのぞきに行き、母とふたりで、大通りをひとすじ入ったあたりを歩く。母は、デパートよりも、ちいさなブティックや、呉服店のショーウィンドウをのぞくのが好きだった。

いまのように、わかりやすいお印のついた店ばかりではなかった。粋な柄ゆきの反物、さまざまな色がちらしてあるスカーフは、ビルにはさまれた日かげの通りにひときわ映えた。ついて歩いてながめても、子どもが喜ぶようなものは、なにもなかった。

ウィンドウ・ショッピング専門の母の財布のひもがゆるむ店が、一軒だけあった。ちいさな店のまえに、銀のワゴンがひとつ出ている。なかには、はんぱものの皿や茶碗、小鉢がかさなりあっている。

有田焼、九谷焼。各地の名窯の品だった。そろいのものは、桐箱にはいって、店のなかにならんでいる。はんぱものといっても値のはるものもあって、触ってはいけないといわれた。

ときどき足をとめて、漬けものを盛ろう、煮ものがいい。一枚ひとつ、買っていた。食器を買うのには、ひとりで使うものではないからという、やわらかい言いわけがある。

いまも実家で食事をすると、これは銀座で買ったという皿が出てくる。手伝うと、菊の鉢だして。見おぼえのある皿の、そんな呼び名もなつかしい。銀座の、というところから、さまざまな思い出話しがはじまる。

りっぱな揃いでなくても、気に入った皿でものを食べると、そんなことがある。なんでもいいと済ませてしまうのを惜しむように、ひとの目玉はできている。

子どもの気にいる茶碗は、銀座にはなかった。ふだん使いの小皿や醤油さしやおろし金も、駅前商店街の丸陶商店で買った。

山とつまれた飯碗から、吟味する。いちご柄にするか、キャンディ・キャンディにするか。店までの二十分の道みち考えても、決められなかった。べつの店の、キティちゃんも捨てがたい。そのうち、早く決めなさいとせかされる。

安いめし碗は、丈夫で長持ちが身上で、子どもがねちねち納豆めしをまぜ、勢いあまって放り投げてしまっても、割れなかった。

小学校の遠足のときも、お世話になった。幼稚園のときに持っていった弁当箱ではものたりなくなったのは、給食のおかげだった。

あかい水筒も、熱いお茶がいれられるものにかえた。なかが割れちゃうから、落としちゃいけないよ。すこし背のまるい、くろぶち眼鏡のおじいさんがいった。

冬には、ココアや紅茶を飲むような大ぶりのカップも買った。丸陶商店では、好きなものを選ばせてもらえるからうれしかった。うちのなかで使うものだからと、大目に見られていたのかもしれない。

カップは、机のうえで倒したり、洗うときに滑りやすく、ひと冬でふちが欠けてしまう。欠けたのは、えんぴつたてになったり、母の仕立て仕事の道具入れになっていた。

高校にあがると、テレビマンガの柄やキティちゃんも卒業した。そのころ、新宿、渋谷、下北沢、吉祥寺。学校の帰りに寄れる町に、しゃれた食器を扱う店がぽつぽつとできた。

友だちの誕生日には、友だちどうしが割り勘をして、そういう店で選んだカップや弁当箱をプレゼントした。誕生日になると、おなじようなプレゼントをもらった。

電車通学で、ぐんと遠出ができるようになると、毎日通る地元の商店街の品々は、古ぼけて色あせて見えた。あたらしいものがいい、外国のものがいい。店の増えるのとおなじ速さで目玉を

動かし、見つけては知らせあった。
すくない小遣いでも手の届くものが増えると、ふだん使いの食器さえ、遠くにいって買うようになった。

駅前の丸陶商店は、いつ店をしめて、コンビニエンスストアになったか、わからない。瓦屋根から三階建てに、紙芝居のように、あっさり記憶の景色が変わっている。

錆びた針金のワゴンに、五客かさね、ひもでしばった水玉の湯のみ、そのわきには、おなじ柄の急須がならんでいた。店の奥には、からだを横にしてすすむ。うす暗く、蔵のようなにおいがしていた。

割れないようにくるんでくれる、青みどりのしわしわの紙。ひもは、会計場の天井から糸巻きがつるしてあった。

包み終わると、みぎ手をあげ、ひもをひっぱり、くるりとしばる。猫背のおじいさんは、見あげずひもの先をつかまえる。茶碗や湯のみを買うと、糸じりに砥石(といし)をごろごろとあて、かならず、
……さいしょは、米のとぎ汁でゆでる。頑丈になるからね。
マンガのついた安い茶碗にも、わけへだてなくおなじようにいった。

銭湯のある町まちを歩いていると、商店街のせとものやを見かける。いちどだけ、店じまいを見たことがある。

全品半額の、最終日だった。赤ん坊をつれた若い夫婦が、あれもこれもと選んでいる。しろい洋皿、グラタン用の楕円の皿、店のつきあたりには、色じろのおばあさんがすわっている。そこから赤ん坊に、いないいないばあをしてみせていた。

校長室で見たような、おおきなガラスの花瓶、ウィスキーの氷と水差しのそろい、蘭の花のかいてある七宝焼の絵皿。店はだいぶすかすかで、そういうりっぱな売れのこりが、ところどころにどんとすわっている。

横むきの女のひとのマドラーと、くだものを刺すフォーク、湯冷まし、耐熱ガラスの急須。千円でおつりがきた。

店のまえには、百円均一のワゴンも出ていた。風の強い日で、湯のみの底に砂ぼこりがふちどっていた。ショーウィンドウには達筆で、長年のご愛顧ありがとうございましたと貼り紙があった。

親もとを離れてからぽつぽつそろえて、食器は手持ちのものでじゅうぶんとなった。増えつづける雑貨の店をのぞくことも、すくなくなった。

どこの家にも食器はあふれ、しまいかたに頭を痛めるものとなっているから、プレゼントにすることもなくなった。たまに旅さきで一枚二枚と、買うくらいになった。

旅の荷物をほどくなり、さっそくあたらしい皿が使いたい。それでも、きょうはご飯を炊かないと思いあたり、楽しみを明日にのばす。

それが、あの丸陶商店のおじいさんが教えてくれたことだったと思い出したのは、ほんの今しがただった。

母の好きだった銀座の店も、昨年から小売りをやめてしまった。銀ブラで、店頭のワゴンをのぞく楽しみが、すくなくなった。

暮れに帰ったときに報告すると、わたしは昔の人間だから、いまふうの雑貨屋さんの食器は、なんとなく厚ぼったくて気に入らないの。こんど東京にいったときに買えばいいなんて思って、買わないでいたのにと、残念がっていた。

駅まえにあったお弁当箱買った店、覚えてると聞くと、うちのいちばんの長寿は、あそこで買ったこれ。なつかしい、ひよこ柄のカップをつまんだ。

こぶりで厚地で、熱さが伝わりにくく、ふちも欠けていない。いまは、おばあさん用になっている。

母はひよこカップにお茶をそそぎ、ふうと冷ましておばあさんに渡す。

それから、ああいう店はこっちにもあるけど、気に入るのがないのよと、つれない。

いちどの味噌味

昼を外で食べることは、月にふつかあるかどうかで、出かけずにいるくせに、だいたい弁当箱につめて食べている。

朝食のあとかたづけをしながら、ゆうべ残った煮ものと冷や飯、菜っぱや漬けものをつめて、ストーブのうえにのせておくと、昼にはあたたまっている。さみしい中身も、あたたかければ三割おいしい。

外の昼食は、働き盛りのひとたちが満足するよう作られているから、ご飯もおかずも盛りがいい。せっかく肩をならべていても、食べきれず残すことが多いのは、働いていないあかしだから、うしろめたい。

それでも、朝から出かけて、昼まで帰れぬ用事のできたときは、外で食べるのが楽しみとなる。たいてい、そばやになる。

通好みの老舗も、駅前にある立ち食いののれんも、男性専科のおもむきがある。とくに昼は、みなしらふのうえ、一刻を争う肩をしているから、不慣れなものが割り込んでは申し訳ない。

出さきがオフィス街なら、大通りのひとすじうら。踏切見物で降りるようなのんびりした町なら、商店街のまんなかあたり。見当をつけていると、たいてい見つかる。

店さきに、出前用のバイクが置いてある。店のうえは住居になっている。すりガラスのひき戸の屋号のところだけ透けていて、文字のなかをのぞけば、お客がおっとり新聞を広げたり、テレビを見あげている。

カレーライスも、鍋焼きうどんも、天丼も、おかめそばも、ときおりラーメンやオムライスさえある。そういうそばやをいちばん頼りにしていて、迷わず紺ののれんをくぐる。

いちばんいいのは、店の速度に子どものころからなじんでいる。頼んだとたんに、どんと出るわけでも、いまごろ畑で収穫しているのではなかろうかと、とげとげしく待つわけでもない。

水が来て注文をして、テレビに飽きぬうち。新聞なら、三面記事と黒枠、天気予報と週刊誌の広告をながめたころ。おまちどおさま。それまでの心づもりと空腹の間あいは、からだで覚えていて、整えられる。

店のおくの湯気のむこう、あかい顔をしてゆでているおじさんや、三角巾をきっちりむすんだおばさんが、あわてずせかさず、長年のいつもどおりを守っているおかげで、気どりなくいられる。食べたいものを、食べたい速さでたいらげる。

味は玄人でも、居心地の気やすさでいうなら、町のそばやは家庭的ということばがもっともあてはまる。

うまい店、繁盛店を追いかけ、一期一会のばくちをするより、どんな町でも平気でいられる店のほうがありがたい。そんな店のなかにも、ときおり大当たりということがある。忙しいときほど、そばを食べるよりほかに用もない町に、遊びにいきたくなる。

去年の節分のころだった。

用事をすませて、駅まできた。まだ腹の音がしないものの、もどって作れば遅すぎる。立ちどまり、決めかねていると、ロータリーのわきに、うすみどりのバスがとまっている。

行きさきは聞いたこともないところで、停留所の路線図を見ると、ずいぶん遠くまで乗せていってくれる。うららと暖かく、梅も開くかという日だった。バスで花見をしているうちに、腹もすいてくると乗った。

昼間のバスは、お年寄りが多い。ときどき病院のそばでとまると、降り乗りが増える。毛糸の帽子をかぶってすわるひとたちは、温室の植物のように、幸福なうたたねのなかにいる。

区の境をまたいで、広い川に出る。ふしぎと隅田川だけは、水の色でわかる。ほかの川は、空

をよくうつすのに、隅田川は海がそのまま運びこまれている。ガラスはあたたまっていても、波の影には、まだ冬があった。

窓に鼻をくっつけ川をながめるうち、またちがう区にいる。駅からいっしょに乗ったひとたちは、もうだれもいなかった。

東京には、たくさんのバスがある。地方にいくにつれ、自家用車があたりまえになり、運転のできないお年寄りは、寒いうちは家のなかでじっとしている。東京のお年寄りがさっそうと見える理由には、交通の利もある。

バス停でとまり、ふたたび発車すると、まだ案内もないうちに、まえの席のおばあさんが、うす茶の手袋の指でボタンを押す。手袋には、ちいさな花の刺繍がついていた。

信号でとまると、まだ着かぬうちにはやばやと席を立ち、よろけた。とっさに手をとると、手袋のなかは、細くちいさく力がない。

……あわてちゃってねえ、ごめんなさいねえ。

くり返しいわれながら、待ちわびた停留所につく。開いたドアのむこうに、海老茶ののれんが見えたから、いっしょに降りた。おばあさんは、頭をさげさげ、はなれていった。

手打ちという誘い文句にはもう慣れていて、期待しない。その店の看板には、信州という文字

もならんでいた。見本がならぶガラスをのぞく。値段も店がまえも、ふつうだった。引き戸だけ、木枠のしっかりしたものだった。

奥さんと若い女の子が、花がらのエプロンをして、水や丼を運んでいた。店じゅう、かつおだしの濃い匂いがする。バスとおなじくらいの客がいる。

昼休みのおじさんが食べおわり、つまようじをくわえて出て行くところだった。すぐかたづけます、お待ちになってくださいねえ。歯切れのよい声をかけられ、おじさんと入れ違いですわった。昼どきでも、相席にならなかった。

はい、野沢菜どうぞ。お茶といっしょに、小皿がおかれた。

女の子が置いた湯のみは、厚地の民芸品だった。小学生のころ、松本に家族旅行したとき、こんなのを買ってもらった。そういえば、椅子もしっかりした木で重たい。机は日になんども磨かれ、あめ色になっている。

出てきたそばは、太くて、みじかく、つややかだった。おろしせいろの大根は辛いので、気をつけてください。奥さんにいわれた。わさびはついていないと思い、ひと口するとわかる。まえに、ちいさくて辛い大根を見たことがあった。信州でとれるものなのかもしれない。

そばの色は濃く、平たく打って、固めにゆでてあった。となりのおじいさんは、ちいさな鉄鍋

で、味噌煮込うどんを食べている。つぎはあれを食べる。食べおわるなり決めて、会計にいった。レジの機械のうえには、木彫りの馬と、ちいさい額があった。なかに夏目漱石の千円札が飾られているのが、変わっていた。

通りをわたり、おなじ路線のバスで戻ろうと思ったら、べつの駅にいくのがさきに来て、乗った。停留所を忘れぬよう、よくよく見た。そうしなければ通り過ぎるような、ひかえめなのれんだった。

そばやはあまたあり、そもそも昼はめったに出ない。夜は、そばやでじっくり飲むより、もつ焼きや串揚げを犬歯でしごいて、にぎやかなほうがいい。不精をつづけ、こんどの機会は、なかなか来ない。

ことし、節分がすぎると電話がこわれた。製造会社にきくと、部品をいれかえると直るとわかる。部品は、営業所で買えると教わった。行きかたを聞くうち、昼は味噌煮込みうどんと決めた。営業所は、昨年の帰りに乗ったバスの、終点の駅にあった。

ちいさな部品をなくさぬよう、がまぐちにしまう。めったに降りない駅の、スーパーマーケットをのぞき、商店街ではせんべいとまんじゅうを買った。遊ぶうち、昼をすこしすぎ、バス停に

むかった。路線図をたどり、覚えていた停留所をたしかめ乗ると、すぐに発車した。先客はだれもいなかった。

そのまま、乗ってくるひともなく、ただただ店が休みでないよう念じながら着いた。海老茶ののれんは、出ている。北風の強い、味噌煮込うどんにふさわしい日だった。

店は、一年まえと同じぐらいのひとがいて、女の子はいなかった。そのぶん奥さんが、はしばし目配りをしている。

迷うことなく味噌煮込うどんを頼み、ほうとうですねといわれる。新聞をとりに立った壁には、力うどんとおおきく印刷された紙が貼ってある。その横に、ご挨拶、手書きのあまりうまくない字で書いてある。

開店以来二十四年、当地で皆様にご愛顧たまわり厚く御礼申し上げます。
このたび、建物の建替えにより、二月末日をもちまして閉店いたします。
長年、大変お世話になり、ありがとうございました。
店主敬白

味噌煮込うどんが運ばれ、どこかよそに移られますかと聞いた。いいえ、閉めるんです。奥さ

んは、こまったようにお盆を抱える。

奥から丼を運んできただんなさんも、背広のおじさんに、おなじことを聞かれていた。ご主人、まだまだ働ける年じゃあないか。いわれて、しきりに頭をさげていた。

味噌煮込は具だくさんで、ねぎと芹がのっている。八丁味噌にちかい、赤味噌だった。太くひろひろとして、煮込むほどおいしくなるうどんだった。

帰りがけに、ふたたび見た。この千円はめずらしいものですかと聞いた。奥さんは、まえに遠くから来たお客さんに、おつりを多く渡したことがあった。

……それで、なかなか来られないからと、わざわざ郵便で千円、送り返してくださったんです。それがうれしくて使えなくて、飾りましたんですよ。

額を持って、いっときだまった。それからあわてて、どうもお世話になりました。ふかぶか頭をさげられた。

けっきょく、二度しか行かなかった。

そんなことがあって、この冬は、たびたび味噌煮込みうどんを作ってみる。

具はすくなく、味噌の風味もちがう。なによりもまず、うどんがちがう。

犬と自転車

十日ほどまえから、自転車に乗っている。あいさつといえば開花の日を予想する、そんな陽気がつづくようになった。

自転車は、おむかいさんにいただいた。ぴかぴかの新車が、忘年会でめでたくあたったのだった。すでに名車を持っている。乗れるなら使ってねと、気前よくおっしゃる。

実家に帰ったときだけ、年に三日ほど乗る。いつも駅のそばの部屋に住むから、東京のひとなかを走るのは、二十年ぶりのことだった。

おむかいさんは、組み立てもすませてくださっていた。ねじの弱いところがあるかもしれないから、見てもらってください。修理道具や、チェーンの鍵もくださった。

まだまだ寒い二月に、初乗りをした。おそるおそる町を一周する。横断歩道ですれちがうとき、妊婦さんがお腹にさっと手をあてた。自転車も車両ということ、呼び鈴はめったに鳴らしてはいけないということ、自動車教習所で教わったことを思い出し、より慎重にペダルを踏んだ。

ぐるりとまわって見つからず、近所の友だちの家に乗りつけた。このへんの自転車の店を教え

て聞くと、うーんわかんない。うちのは、このへんで買ってないからなあという。友だちは、生まれてからずっとこの町に住んでいるから、なんでもわかると思っていた。あてがはずれた。

パソコンで調べてくれるというので、そのままもどり、翌日、郵便受けに地図がはいっていた。防犯登録のしかたも入っている。これしないと、捕まるよ。そういわれていたのに、北風のうちはぐずぐずして、駐輪場にとめっぱなしにしておいた。

はれて弥生三月の昼休みを、しきりなおしの吉日として、えんぴつ書きの地図を頼りにとなり町にこいでいった。


店はうす暗く、ガラス戸は開いた。ごめんくださいと入ると、おおきな柴犬がしっぽをふり、はいなんでしょうという。声の持ちぬしは犬のうしろいた。奥の暗がりに、まっしろな髪とまっすぐ見すえる目が浮かんでいる。口もとの厳しいおじさんが、机にむかっていた。

防犯登録と、とりつけたねじの点検をお願いできますか。店のなかに運びいれると、ストーブのうえのやかんの湯気で頬がやわらぐ。コンクリートをながした床は、油がしみこんで、ぬれた砂浜のようだった。

天井からは、タイヤのチューブがぶらさがり、壁には持ちかたの見当もつかないような工具が

ひっかけてあった。

あおい作業着のおじさんは、眼鏡をかけて立ちあがる。かごを店の奥にむけて、まあたらしいビニールをかぶったままのサドルを、つかんでとめなおす。それから時計を見あげ、明日は休みだから、これから三時までに仕上げておくから、取りに来てくださいといった。

取扱い説明書を出そうとすると、それはいりませんといわれた。防犯登録のための免許証の住所を見て、あのへんは、もうなおせるところないからね、よく見つけましたねといわれた。

この店まで、二十分ほどこいできた。ひとつとなりの駅とのちょうど中間の、まるで来たことのないあたりだったから、できあがりまでの二時間は、遊んでいることにした。

はじめての郵便局で、チューリップの切手を買った。はじめてのとうふやの厚揚げは、近所の店よりひとまわりちいさい。買うと、三十円高かった。ガラスに、当店は今年三月よりすべて国産大豆（遺伝子組み換えなし）を使用いたしておりますとあった。

ならびの和菓子やで、おいなりと赤飯を買って、児童公園で食べた。ピザが自慢の店も見つけた。まだ昼の混雑だった。大安売りのやおやと惣菜の店がならんでいる。歩けばずいぶんかかるところに、気軽に買いものに来られる。おむかいさんのご厚意は、ちょっとそこまでの面積を、ぐんとひろげてくれた。

きっかり三時にもどると、店にはだれもいない。奥からまた、犬が出てきた。このひとはもう知っているという顔で、ほえない。はじめての犬には、こわいから触らない。それでも、やさしい、ひとなつこい顔をしているとわかった。

声を出すと、はーいと女のひとが返事をした。必要以上に笑いながら、さっきうかがったものですと名乗ったのは、奥さんが、あんまり犬にそっくりに出てきたからだった。家族だなあと、おかしくなった。

あらどうしましょう困ったわねえ。なんていってましたか、いまさっき出て行っちゃって。奥さんは、自転車のまわりを一周したり、かごをのぞいてみた。それから奥の机にいって、あらこれかしらと見つけてきた。

……防犯登録と、整備点検。二千五百円、これですね。

支払いをして、すこしはなれると、犬にバイバイと手をふった。犬は尾をふり、そのうしろで奥さんは会釈をした。二人羽織のようだった。

万事完了で、こぎだす。行きはおそるおそる下った坂を、力いっぱいこぐ。これは、山のぼりの訓練になるかもしれない。坂がきゅうになって、立ってこぐのも懐かしい。こんなことが、まだできた。

坂のうえの信号でとまり、ふたたびこぎだしたとき気づき、信号ふたつそのまますすみ、とまる。しばらく考え、やはりと引き返した。さっきまでは快適だったのに、みぎのペダルを踏むと、カタンと響く。こぐたび鳴るのが、気になる。

ふたたび戻ると、おじさんは帰っていて、ストーブのわきに立ち、手をあぶっていた。犬は足もとで寝そべり、目もあけなかった。さきほどのというと、はいはいどうしました。ずいずいと寄られ、あとずさる。

おそるおそる、みぎのペダルから音がしますがというと、それじゃあ、こいでみないとわかんないね。

おじさんは、革靴を運動靴にはきかえる。犬は、片目をあけただけだった。自転車を店の外に引っぱっていき、信号のところまでこいでいった。もどるとき、一度うつむきペダルの足もとを見て、もどってきた。

いっている音は、わかりました。そういって自転車を店のなかに入れた。ペダルをはずすと、六角レンチのようなものでどこかに力をいれ、またペダルをはめた。それからまた、外に出て乗った。

……これで、乗ってみてください。

交代して、おじさんとおなじだけ走ってもどる。音も響きも、なくなっていた。

これはね、出荷した工場のしめがあまかったからだねといった。さっきの点検の不備ではないと、暗にいいたそうにも聞こえ、恐縮すると、お客さんが謝ることじゃないよといわれ、またすみませんといい、笑われた。財布を出しかけ、これはいいですといわれた。

桜並木に遠まわりして帰った。どの花から咲くだろう。自転車のスピードで、いちどにらくに見くらべる。部屋にもどると、鍵に鈴をつけて壁にぶらさげ、腕自慢の負けん気を思い出す。

きょうの店は、どこで買ったかさだかではない自転車も、こころよくみてくれた。いまは、専門店以外でも自転車が買える。凝るひとは、部品をあつめて組み立てる。そんなふうになったから、細かなことをいっていたらきりがないのかもしれない。

おじさんの目に怖じ気づいたのは、そのあたりからと見当がつく。赤茶の犬の顔が、おぼろげに浮かぶ。お客にほえたてるから、店の奥に太い鎖でつながれていた。それから頑固な恩人のつっけんどんな声を、はっきり思い出した。

はじめて乗った自転車は、仮面ライダーのバイクとおなじかたちだった。ハンドルのまえに風よけがつき、あかいランプが渦を巻くのがかっこいい。ほんとうは、色も黒か青がよかった。女

の子だからと、ピンクになった。幼稚園の年長のときだった。

近藤サイクルは、近くの小学校のひとつ裏通りにあった。広い土間を開け放した修理場と、ガラス張りの売り場がつながっている。おじさんは、修理のほうの店のまえで、折りたたみの椅子に座っている。店から道にあふれるように、油のびんや道具箱、バケツやボロ布、空気いれが出ていた。

父の自転車のうしろに乗っていき、帰りは自分で乗ってきた。うしろのタイヤには補助輪がついていて、じゃりじゃりと音がする。乗りごこちは三輪車と変わらないものの、高くなった目線に胸をはった。

半年もたたぬうち、おなじ社宅のおなじ年の男の子たちが、補助なしの自転車に乗れるようになった。やーい補助つきとからかわれても平気でいたのは、仲良しの女の子が補助つき自転車に乗りはじめたばかりだったからだった。

ところが、夏休みに田舎に遊びにいって帰ってきたら、頼みにしていた親友のあかい自転車が、すっきりしている。お父さんとがんばったんだ。まるい日焼けした顔でいう。海に行ったから、日焼けでは負けなかった。それでも、亀に抜かれたうさぎのような焦りがあった。

練習するか。父がいうと、いやだと逃げた。友だちは、練習のときにころんで、あちこちけが

をしていた。痛かったよとスカートをめくり、赤チンだらけでぎらぎらの足を自慢されて、目をつぶり肩をちぢませた。

それで、一生補助つきでいいもん、おとなのにもあるもんと開き直った。ちょうど近所の奥さんが、後ろにかごのついた大人用の三輪自転車に乗り始めたところだった。へりくつの逃げ足に、父は苦い顔をしつづけた。

日曜の朝、とうとうしびれをきらした父に、たたき起こされた。近藤サイクルに行って、補助をとってもらってきなさい。きょうは特訓だといいわたされ、お医者でベロを押される棒を入れられるときのように、肩をかたくした。

がりがりと、道をこいでいく。おじさんは、いつもランニングにだぶだぶのズボンだった。渦を巻くような黒ぶちめがねの奥の目は、ぎょろりと恐ろしい。

はじめに犬と目があい、ぞろりと鎖を引きずって飛び出てくる。めいっぱいほえられたところで、おじさんが出てくる。犬もおじさんも、こわい。それよりなにより、これからの特訓がこわかった。

補助とってください。お金は、お父さんがあとから来ます。そういうと、おじさんは工具をつかんでスタンドを固定する。くわえ煙草で、あっというまにはずしてしまった。もっとゆっくり

でいいのにと、横で見ていた。うちで買ったんだからお金はいらないって、お父さんにいうように。それから、ハンドルをつかまされた。

……これで乗って、帰れるか。

じろりと見られた。首をふると、いちどはずしたスタンドを、またたてる。座りなさいといわれた。

乗ると、ペダルをこいでみなさいという。これならお母さんの自転車でやったことがある。からからとペダルをまわした。おじさんは、まえをまっすぐ、背なかをまっすぐ。わきからながめている。

ひとしきりこぐと、一回おりた。それからスタンドを蹴りあげ、もう一度乗んなさいと肩をつかまれた。いまみたいに、足かけてといわれ、そのとおりにしたとたん、左右にゆれて、手をはなす。

……うしろ押さえててやるから、ぜったい足をつけない。ちゃんと持つ。ほい、こいだ。

こぎはじめると、ハンドルはさらに左右に振られる。倒れちゃう。目をつぶり、手をはなすと、わき腹に腕があった。もう一度、もういっぺん、もっと前をむく。くりかえしいわれた。

だんだん、揺れても押さえてもらえるとわかってきた。もとより、緊張のつづかぬたちだった。

倒れそうになっても、うしろで支えてもらえると、楽に思えてきた。

さっきみたいに、こぐのをやめるなよ。いわれたとおりに、足に交互に力をいれていく。さっきまでばたばたと聞こえていた、おおきな靴音が消えたことに気づく。それから荷台をつかんでいた力もないことに気づく。

みぎのブレーキかけろ。大声がかかり、ききっと音をさせた。目を開けると、ブロック塀と電柱のあいだにつっこんでいた。みぎのひじを、すりむいた。

振り返るとおじさんが、万歳のようにして、呼んでいる。もう一度といっている。三度こいでよろけて倒れかけ、四度めに踏んばって、おじさんにつっこんでいった。

……あとは公園で練習すれば、夕方には乗れる。家まではひいていくんだぞ。

おじさんはそういうと、さっさと奥に引っこんでしまった。ちゃんとやれよというように、一声ほえ、犬もついていった。

乗れた乗れた乗れた。興奮してひっぱりながら走ってころんだ。とちゅう車のとおらない道で、すこしだけ乗ってみた。ころがり帰ると玄関で、乗れたー、おじさんに習ったーと叫んだ。

父と公園に行くと、昼ごはんまでには乗れるようになり、夕方にはカーブもまがれた。乗れるようになってしまえば、おもしろさが勝ってしまう。ころぼうが血だらけになろうが、気になら

なかった。風呂で傷がちりちりとしみても、長く逃げていたことを乗り越えられて、はればれとしていた。

自転車だけでなく、木のぼりも、泳ぎも、鉄棒も、社宅のおなじ年の子どものなかでいちばん遅く覚えた。

まだ仮面ライダー自転車のあたらしかったとき、上の階のおばさんにどこで買ったのと聞かれたことがあった。近藤サイクルというと、あの店は、じぶんのところで売ったものしか直してくれないのよ。いつもにこにこしているおばさんが、こわい顔でいった。それで、おじさんを悪いひとと思いこんでいた。

チェーンがはずれる程度のことでは、お金をとらなかった。うちで買ったやつだからと、いつもいわれた。うちで買ったやつならば、修理も売った値段のうちとしていた。あるじと客とは、違う見方がある。ただ、おじさんが愛想のいえないひとだったから、乗り方指南をしてくれたのは、気まぐれ暇つぶしだったと思う。

のちには、おじさんに習ったように、社宅のちいさい友だちに乗りかたを教えた。泣きべそが目を見ひらき、よろよろと進む。ふりむいて、こわごわ笑った顔をいくたりか覚えている。

去年近くを歩いたのに、大恩人のおじさんをまるで思い出さずに帰ってきた。そのころは乗っ

ていなかったから、自転車というものじたいが頭になかった。

いまは、どうなっているか。詳しい道路地図をたどってみる。ガソリンスタンドと、コンビニエンスストアのしるしが、ならんでいる。

けしの花咲くころ

あき地に、けしの花が咲いている。

はじめて見たのは、十年まえだった。図書館のとなりのおおきな屋敷に葬式が出て、みつきもたたずに更地になった。税金のためと、銭湯でおばさんにきいた。

しかくい土地は、みどり色の金網でかこまれて入れず、年を越してもそのままだった。一枚では広すぎて、売れないかもしれないね。焼きとりやの奥さんがいった。翌年桜が散ったころ、あき地のなかにあった売却というたて看板がなくなり、金網がはずされた。ちょうどそのころ、いちめんにこの花が咲いた。

雨雲がたれこめる寒い日、咳どめシロップの水っぽいオレンジの、ちいさなけしが揺れている。この世の果てを見るようだった。あき地はけっきょくみっつに割れ、マンションがひとつと、おなじ形の家がふたつ建った。

いかなごの釘煮をいただいた。

さとう、しょうゆとみりんで、しっかり煮詰めてある。甘みとほろにがさ、しょうがの香もする。西のほうでは、春にいかなごがでまわると、家いえでいっせいにこのつくだ煮を炊くと、ラジオできいた。きっとそれぞれの味があることだろうから、しろ飯だけの弁当をぶらさげ、訪ねまわってみたい。

酒膳にすこし。お茶漬けよりも、炊きたてにのせたほうがおいしい。昼の弁当にもいれ、それでもまだ、折箱の半分が残った。

冷凍しようかとラップを出しかけ、やめる。

かわりに流しにしゃがみ、ごぼうを一本出す。鍋に残りの半分をいれ、酒をかける。それから包丁の背で　ごぼうをしごき、ささがきにしていく。

一本おわると、ぎゅうと固まっていたいかなごもほぐれて、酒にはしょうゆがとけている。ごぼうをいれ、細い火で煮はじめ、つかいかけのこんにゃくを思い出す。これも、こまかく切っていれた。

ごぼうとこんにゃくに、釘煮の味をうつし、煮汁がなくなったとき、すこししょうがをたした。味はなにも足さず、ちょうどいい。目さきも味もかわって、夕食にひと品増えた。つぎは、だしがらの昆布がたまったら煮るように、釘煮の残りは冷凍した。

二度めに越した町では、ちいさな商店街の奥のアパートにいた。兄の生まれた年に建った、古い四階建てだった。管理人さんが住んでいて、大家さんもすぐそばにいて、安心だった。掃除は行き届いているものの、結露でかびやすい壁には困った。この部屋にいた二年、ほとんど銭湯がよいだった。窓のない風呂場はトイレといっしょになっていて、もっともかびた。頼れる友だちが、おおぜいいる町だった。毎日が宴会で、せまい部屋なのに日がわりでお客があった。

きゅうにだれかが来ても、おでんだねの店に鍋を持っていって、煮て売っているおでんを買ってくる。そうざいの店にひとっ走りして、ポテトサラダやからあげを調達してくる。そんなふうに楽しかったから、いまもふりむくと恋しくなって、あまり思い出したくない。

アパートのとなりは酒やで、ご主人がワインに凝りだした。安くておいしいワインをいろいろすすめてくれた。とうふやは、ほそい路地の両はしに一軒ずつあった。やおやと花やが一軒ずつ、巻き寿司とおいなりだけの、持ち帰り専門の寿司やは、熱烈に好きだった。

勤めにも慣れたころだった。毎日の昼に出る店も決まりきって、出前にも飽きていた。晩の残りをちまちま詰めて、弁当を持っていくようになったのも、このころだった。

金ものの店でアルミの弁当箱を買うと、気分がさっぱりと改まる。あたらしい弁当箱は、教科

書、ノートや下敷きとおなじに、学校を出ていらい、縁のないものだった。

弁当のすみに、すこし甘いものをいれておくのは、母の弁当のまねだった。干し杏やプルーンに、さとうを振りかけ柔らかく煮る。三角チーズを半分の厚さに切り、マーマレードをはさむ。煮豆やピーナッツ味噌、桜海老の甘辛い佃煮も、いい箸休めになる。

商店街の入り口のほうのとうふやと対面して、おばあさんの店があった。

看板は、出ていない。引き戸のガラスはよく磨かれ、すこし波うち空をうつす。三段のガラスケースの、うえの二段にはつくだ煮、にまめ、塩昆布がある。いちばん下には、しょうゆびんと味噌と、炒りごま、だし昆布やひじきのような、ちょっと切らしそうな乾物の小袋があった。しょうゆも味噌も一種類だけで、ほかの店では見かけないものだった。

店は、商店街の足なみとそろい、十時にカーテンが開く。ただ、午前中に行っても、ガラスケースのうえの二段はからっぽだった。

着物にかっぽう着のきれいなおばあさんが、しかくいほうろうの皿にひとつずつのせていく。そろうのは、昼すぎだった。

甘い煮豆、いかの飴炊き、でんぶは断然ピンクがいい。百グラム二百圓と値がついていて、頼むと半分でも大丈夫だった。

ガラスケースのうえには、おおきな測りがひとつのったきりで、つり銭もふきんも、つくだ煮をすくうしゃもじも、客からは見えない。セメントの床にもケースにも、ちりほこりひとつなく、店のおくからは、なんの音もない。

しんと冷えた店のすみの、ちいさな万年青(おもと)の鉢さえ、静物画を見るようだった。おばあさんの動きのほか、ひとけがない。

ごめんくださいとはいると、ガラスケースのうしろの引き戸が開き、出てくる。

おばあさんの住まいになっているはずだった。引き戸があいても、用心ぶかく長いのれんがかかっていて、客からおくは見えない。奥がまっくらな洞窟でもおかしくないほど、音がどこかに吸い込まれていた。

また、この店にはにおいがない。

店は日かげで、ガラスケースにはいっているとはいえ、味の濃いものが常温で置いてある。ガラスケースのわきには、味噌漬けの樽さえある。それなのに、鼻はすんともかげない。

店の外に出ると、むかいのとうふやの湯気や油あげのにおいが、もんもん湧いているから、よけいに不思議だった。天井も壁も木のせいかと思い、それでもと気になり、つくだ煮はお店のおくで煮ますかとたずねた。

おばあさんは、手をとめ、ちいさなめがねのうしろのちいさなちいさな目を、まるく開く。

……いえ、築地から仕入れてるんでございます。

しみひとつないかっぽう着には、のりがよくきいていた。袖山にそって、アイロンの折り目がくっきりついている。

新茶の出るころとなると、流しに出しておいた食べものが、うっかりかびることがある。料理は作りきりとして、しょうゆも味噌も冷蔵庫にいれる。

つくだ煮は、冷蔵庫にいれると固くくっついてしまう。しまうと安心して食べ忘れ、塩昆布をいれたびんがいつまでもある。きゅうに夏日がはいりこんだりするから、弁当も休む。煮豆は、そらまめ、枝豆とかわり、しぜんおばあさんの店から遠のく。

夕方、会社がえりの友だちから、これから寄ると電話がきて、したくをはじめたらしょうゆをきらした。

ついでにコロッケでも買ってこようとがまぐちを握り、ゴムぞうりをつっかける。さきに揚げたてを頼んでおいて、商店街を駅にもどる。

いつものを買おうと、名ばかりりっぱなスーパーマーケットに入りかけ、たまにはちがうのに

してみようと通りすぎた。みじかい商店街も、夕方はこみあう。おばあさんの店のガラスにも、奥さんたちのすがたが、へろへろ揺らいですぎる。

なかにはいると、あいかわらずの涼しさだった。声をかけると奥からでてきた。はじめて、テレビの音がした。

しょうゆの小びんと、葉とうがらしのしょうゆ煮を買った。

はかってもらいながら、おばあさんの店のつくだ煮は、どうやってしまっているのか。毎日売り切れるとは、思えない。

甘辛いのは、冷蔵庫にいれると、かちかちになりますね。そういうと、残るようでしたら、一回ずつラップでくるんで、凍らせといたらいかがです。お酒かけて、お芋を煮てもおいしゅうございますね。

案外の早口だった。思えば、つくだ煮は、上等のだしが出るものばかりだった。そのうえ、もう味がついている。調味料と考えれば、あっというまに煮ものができる、大変べんりな食べものだった。

きっちり味のついた完成品をもどすという発想は、それまでになかった。せいぜい、ベーコンでスープを作るくらいだった。

いいこと教わりました。さっそくやってみます。愛想のうすいおばあさんは、ビニール袋の口をかたく結び、しろい紙でくるんで輪ゴムをかけた。話はそれきりはずまず、どうもありがとうございました。ガラスケースに、包みが置かれた。

いらい、つくだ煮は冷凍庫にある。室温でもどすと、そのまま食べるよりも煮ものにすることのほうが多くなった。

教わったじゃがいものほか、大根、ごぼう、しらたき、きんぴらのようにれんこんと炒める。おからにもいれる。日本のベーコンと思って、いろいろ試した。つくだ煮熱を知った友だちが、旅のみやげでいろいろ買ってきてくれた。そのたび、せっせとくるんで凍らせた。

その年の、秋の彼岸のころ、夏場にやめていた弁当を再開するころから、おばあさんの店はカーテンが閉じたきりになった。おでんの店が繁盛しはじめるころ、看板も表札もなかった店のガラスに、黒枠の貼り紙がはられ、おばあさんの名まえと歳を見る。固いせんべいがとどまるように、のどがこわばった。葬式は、ずいぶん遠くの町だった。

店は、そのままほかのひとの住む気配もなく、年を越えた。正月も、にぎやかに飾られた通りに、門松もないままましんとあった。冷凍庫に、おばあさんから買ったつくだ煮はなくなり、まえを通るたび、やつれを見せずしっかり商いをしていたひとを思い出す。

北風の冷たい朝だった。駅にいそぐとちゅう、おばあさんの店のまえで、ニッカボッカのお兄さんたちが、缶コーヒーを飲んでいた。ああ、なくなる。すこし足をゆるめ、水あとだらけになったガラス戸を見る。冬の空が、ざらりと青かった。

その日の帰りには、あっさり更地になった。商店街の歯抜けの空き地は、すぐに売地の看板が立ったのに、なかなか売れない。狭いわりに高いらしいと教えてくれたのは、だれだったか。タンポポが咲き、土のところどころにガラスのかけらがまざっていた。

それから、ひそんでいた種がふくらみ、けしの花が咲いた。

願かけどうふ

知らない町にいくと、たのしそうなアーケードがある。こんどはここに住もうか、踏切わきの貼り紙をながめる。ひとり身の気楽は、どこに住んでもよろしい。

インターネットができてずいぶん便利になったのに、いまだに駅におりるとすぐ、不動産の事務所がある。家賃、敷金礼金、間取り。風呂なしの部屋はほとんど見かけなくなった。

コンビニ至近とか、新婚向き、達筆で書いてある。貼り紙でなかがのぞけぬガラス戸に、つい引き寄せられる。デザイン効果ではなく、あたりまえの仕事としての手書き文字の力を見ることも、ずいぶん減った。

女性限定、勤めのしっかりした方、短期貸し。貸すほうの要望もさまざまあり、いくつかあきらめたのをきりに離れた。

住む気になって歩くと、商店街をながめる目のはしが、すこしぴんとする。

にぎやかに見えたのは、全国チェーンの薬やがやたらとあるせいだった。日にちの暮らしに用のない、しゃれた店がおおい。わき道が少ない。どちらかというと減点法になるのは、いままで

に住んだ町への、義理のような気分かもしれない。

先週も、私鉄のちいさな駅におりた。雨の降るまえの日で、街灯にくくりつけられた小旗がうるさいほど揺れていた。胸もとも、おなじくらい、ばたばたと浮かれた。

古い店が、きちんと代替わりしている。看板や照明を明るく直したりしながら、つづけている。いくつかの店が集まって、ひとつのビルにはいったところもあった。

やおやは、安くてものがいい。すこしはなれて、三軒が競いあっていた。駅前に遅くまであいているおおきいスーパーマーケットがある。野菜も肉も新鮮で、深夜営業のやつれがない。入ってみたい、住んだらきっと通う。そんな店ばかりがならんでいた。

のぼり坂のうえには、見晴らしのいい公園があった。歩いている奥さんたちも、おっとりと品がいい。駅からすこしはなれると、古いお屋敷町だった。

いちばん吸い寄せられたのは、銭湯が二軒あった。ひとつは瓦屋根と松の木のりっぱな天然温泉だった。こちらは定休日でつかれず、もう一軒のほうにいった。こちらにはサウナがあった。

駅で見たとき、家賃は手ごろだった。そろそろ引っ越しでもしようか。せまい部屋でころもがえをしているうさがあり、いっさいがっさい変えたくなった。

風呂からあがり、すっかり近所の気分になって晩のおかずを買う。

ねぎ、みょうが、いちごも申しぶんない。肉やの焼豚は特製で、となりの惣菜やでは中華麵も見つけた。そろそろ昼は冷やし中華、塩くらげも買った。

優しそうなお兄さんのいるパンやから、甘い匂いがして誘われる。明日の朝は、ここのパンにする。前日まで留守にしていて、冷蔵庫がからっぽだったから、存分に買った。

気に入っている三個パックの納豆も、近所の店より五十円も安い。すばらしい、両手でかかえて、はたと気づく。

会計をすませて道に出ると、雨を待ち構える風を浴び、すっかり頭が冷えた。

左みぎ、たしかめる。わかりました、おじゃましました。

しろいビニール袋を手首に吊るして、きっぷを買う。きょうはいい町で遊んだ。

電車でうとうとすれば、すっかりその町の景色からはなれた。ぱっくり目があき、七時には閉まるからと足をはやめた。

ねぎも納豆もパンでも負けた。それでも一発逆転した。あの商店街には、とうふやがなかった。

さいしょのおつかいは、自転車でくるおじさんからとうふを買った。

らっぱを吹きながら、社宅のまえにくる。きいろいプラスチックのボウルを持って走っていき、

とうふやこんにゃくを入れてもらい、そろりそろりと帰る。あぶらげは、しろい紙ではさんでくれた。

いちど、階段でころんでボウルを落とした。われて砂のついたとうふをすくって帰ると、つぎから気をつけなさいといわれた。母はあのとうふを捨てたか、洗って火をとおして食べたのか。もっと叱られると思ったことだけ覚えている。

社宅は、おとなの足で駅から二十分かかる。おじさんの店は、ちょうどまんなかあたりに、いまもある。

のぞくと、体格のいいおじさんの眉は、すっかりしろくなっていた。豆腐ドーナツというのも、売っていた。店にとまっていた自転車は、息子さんが乗っていた。

家族で東京にいるころ、三度引っ越した。どこの家も、そばにとうふやがあった。兄とふたりで住んだ阿佐ヶ谷のアパートは、二軒のとうふやにはさまれているようなところにあった。

料理に慣れないころは、この店のおから炒りととうふに助けられた。湯どうふ、ひややっこ、麻婆どうふ、兄はがんもどきと菜っぱの煮たのが好物で、これに干ものがつけば叱られることはなかった。

その後ひとりになって、葛飾に移った。いらいこんにちまで、とうふやのそばに住んでいる。

スーパーマーケットにおいしそうなとうふが並んでいても、ずっと地元びいきでいる。みじかいあいだだけ住んだ町も、迷うほどとうふやがあった。風呂のちかくがいちばんよく歩いた道で、ここにも一軒ある。いちばん便利に通った。

そのころ、すこしたちの悪い病気になった。治るとも治らぬとも、目ではわからない。気の晴れない日が長くつづいた。心配にからめとられて日の暮れることも、しばしばだった。

いつまでも、こんな足もとでいてはいけない。そう思って、願かけをした。治るとわかるまで、好物をやめる。いちばん好きな、肉を絶った。

やめてみると、はりあいがない。世のなかは減量ばやりで、箸をつけずにいても、あんがい気づかれない。相手の箸の運びなど、あまり気にしていないものと知った。さすがに焼きとり焼肉の店はさけたものの、しつこくすすめられたりはしない。あっさりと成功した。

あんなに好きだったのに、食べたいと思わなかったのは、いまになると不思議なことだった。それどころではなかったのかもしれない。きっとやめることにすがって、奮い立たせていた。

肉のかわりに、まえにも増してとうふを食べた。油っけがほしいときは、厚揚げやがんもどきをステーキがわりにじりじり焼いた。

やめてひと月もすると、血液のなかの善玉コレステロールというのが増えた。お医者に血液バ

ランスが優等生ですとほめられ、またせっせと食べた。体重は、増えも減りもしなかった。
すこし飽きると、とうふ料理の本を買った。最近の本は、だいたい肉がまざっているから、お坊さんが書いた本にした。白和えのとりあわせが増え、おからや湯葉も使うようになった。とうふとうふと食べていると、親しい友だちは、気を使って魚介のおいしい店を探して、気晴らしに誘ってくれた。病気とわかって半年後、思ったほど悪化もせずに、治療がすんだ。予後も良好だった。

今月で、まる五年になる。まわりにいてくれるひとたちと、とうふのおかげで、無事にいる。あの町には、たいへんおおきな恩がある。

住んでいたアパートと線路をはさんで反対のほうに、いまも通うバーがあって、ときどき出かける。住んでいたほうは、友だちとの待ちあわせに時間があるとき、ときどき歩くくらいになった。先日も、そんなふうに出もどりの目で歩いた。

駅前のあたりは、あたらしいマンションやスーパーマーケットが増えた。中学校が、改築していた。十分ほど歩き、なつかしいアパートのあたりまでいくと、家なみにほとんど変わりがなかった。

酒やのおばあさんは、ぜんぜん変わらないのに、ひょいと顔をあわせたかかりつけだったお医

者さんや、寿司やのだんなさんは、ずいぶん髪がしろくなっていた。ひとの老いにも、飽和点があるものと知った。

植木を見ていこうと路地にはいった。この町でただ一匹、なでることができた食料品店のやさしい犬は、去年死んだ。きょうは、犬小屋もかたづけられていた。

夕方、鎖をはずしてもらい、この道にふうわり立っていた。リコちゃん、おいで。呼ぶと、羽のようにそっと寄ってきた。あの子にも、ずいぶん話しを聞いてもらっていた。鼻がつんとなって、ひとつまがる。

きょうは、休みだったかな。しんとした店のまえで、落ち着かない。

ひとつめ、藤棚がない。ふたつめ、店さきを直して、シャッターがついた。ガラスサッシだった戸口は、しゃれたドアになっている。みっつ、出しっぱなしだった一斗缶やブリキの大だるがない。よっつ、二階についていた看板がない。

暮れに来たときは、あぶらげ二枚買った。半年後、店をたたんでいた。

ひとの死を知ったときのようにざわついて、部屋のなかで、立ったりすわったりしている。

すぐそばにあった景色が、腰まわりからはなれていかない。

東京の角打ち

友だちに誘われ九州にでかけ、福岡のひとたちと飲んできた。連れていってもらった店には、めずらしい焼酎がずらりとあった。

迷って頼んだ最初の一杯を持ちあげると、ようこそ福岡へ。あかるい声にかこまれ、乾杯してもらった。麦茶のように香ばしくて、すっきりしている。大分の焼酎だった。その晩は浮気せず、それだけ続けた。

とても気に入って、東京でさがすのは難しそうだから、買って帰りたい。そういうと、あの店ならあるかな、あっちのほうが安い。にぎやかにはじまる。

肉料理も、海のものも力強い。味つけは柔軟で、いろんな土地のいいところを引き受け、福岡流を作る。そんな印象は、話すひとたちにもあった。

日なかは、すっかり九州通になった友だちに、鯛茶漬けをごちそうになり、町を案内してもらった。住宅地にはいっていくと、閉店セール、二〇パーセントオフと書いてある。まだ店がまえの新しい酒やだった。

ウィスキー一本、炭酸水一本。棚はすでに、がらんとしている。冷蔵庫のなかもまばらなのに、日本酒の一升瓶は、段ボール箱で積まれている。土地柄かもしれない。

首をのばし、はいりかけ、いまどき二割引の酒はめずらしくないかもしれないと、すぎた。酒を安く売る大きな店は、ただ安いだけではなく、めずらしい銘柄もたくさんそろっている。

じつのところ、家で晩酌をするのは、週に一、二度だから、酒はあまり減らず、買う機会もすくない。

この友だちのように、いっしょに飲むひとには、旅好きが多く、土地の酒をおみやげにもらうことも多い。それを棚にならべておいて、キタムラ君、いただきますよ。頭をさげて、ちろちろと飲む。旅みやげにもらう酒の味は、格別と思う。

さきの店から、信号みっついくと、今度は古い酒やがあった。店さきに、三角に立つ看板があって、角打ち、とあり、これがそうなのかとながめた。夕方というにはまるきり早いのに、もう三人のズボンが見えた。上半分は、のれんでかくれていた。

角打ちは、北九州の仕事をしているひとから、はなしに聞いていた。酒やのわきに、立ち呑みができるカウンターがある。ビールは店で売るのとおなじ値段で飲めて、かんたんな肴もある。

その夜の宴席で、角打ちということば、いいですねといったら、ほかではいわなかですか。びっくりした顔をされた。

おなじように、店のわきで飲める酒やは、東京にもある。そのまま、酒や、と呼ばれているところ、立ち呑み、とのれんのかかっているところ、ちゃんと看板のあるところもある。角打ちのように、統一された呼び名を知らない。あれば、もっと残っていたのではないかとも思う。

まえ、葛飾に住んでいたころ、ずいぶん世話になった店があった。

銀座あたりで飲んで帰る終電は、住む駅のふたつ手前どまりだった。車庫のあるその駅は、おりる客は終日まばらで、ちいさなロータリーには酔客めあての車も待っていなかった。

バスもとうに終わっているから、三十分ほど歩かなくてはいけない。駅から、太く明るい道にでるまでの十分は、畑にはさまれ、だれもいない。

踏切をわたると、とたんに闇の濃さが深くなり、靴底に力が入る。みぎ左とかたく繰り返し、赤ちょうちんが見えると、ほっとした。大通りに入るさかいに、峠の茶屋のように酒やの飲みやだけがあいていた。

店のおじさんもおばさんも、あたりまえに酔っぱらっている。酒やを閉めてからの晩酌のため

に、店を開けているると思えるほどだった。客は、古いふとんのようにぐんにゃり薄いおじいさんが、ひとりふたりいるきりだった。夕方は、混んでるんだよう、あかい顔の、あるじがいう。

冬は、ストーブのうえに湯をはった鍋があり、じぶんで燗をつける。ワンカップをいれ、ごごごご。底が動く音を、なぜだか全員で耳をすまして待った。魚肉ソーセージや、缶詰、三角チーズのほかに、おでんか湯どうふ、あたたかいものが、ひとつあった。

たいてい最後の客になった。おねえちゃん、きょうも終電と聞かれる。そうと答え、立って熱いコップの半分ほど飲むと、お休みなさいと持ったまま出た。つぎの信号でふりむくと、ちょうちんは消えていた。

あたたかい酒を飲みながら歩く、寒い道はすがすがしい。あんがい星も見えて、手のひら足の裏もよく動く。

夏は、草いきれと虫の声がにぎやかで、レモンサワーの缶を持って歩いた。店で、一升瓶から焼酎をつがれるのはおそろしいことだった。どんなに薄く割ってと頼んでも、翌日の夕方まで、頭がいこつが持ちあがらなかった。

生きてるかぎりは開けるといっていたから、この店はおそらくまだある。越してからは、まるきり足が遠のいてしまった。あの店で終電をすぎてしまったら、もう歩いては帰れない。

住んでいた町にも、おなじような酒やが一軒あった。あんまり近くで、つい買って部屋にもどって飲むうちに、ふたつとも閉まった。ひとつは、なんでも百円の店に、もう一軒は、コンビニエンスストアになった。

コンビニエンスストアのほうは、店が変わってもあるじはおなじだった。先月まで、客といっしょによっぱらっていたおじさんが、オレンジのうわっぱりを着て、おぼつかないひとさし指で、レジを打つ。

扱うビールや飲みものが増え、冷蔵庫がりっぱになって、お菓子や惣菜もならべてある。店のおくには、ちいさな低温室もできた。あちこちの銘柄や、ワインがならんでいた。まえはこの町では買えず、デパートで買っていたものもあって、うれしい。

夕方までは、店のまえにだらしない詰め襟の男の子たちがたむろして、袋菓子をかじるようになった。五時の音楽が町じゅうに流れると、いままでどおりになった。おじさんの顔なじみが来て、二か所ある会計台のひとつは、立ち呑みのカウンターとなった。おじいさんたちは、こうこうとまぶしい店のなかで、落ち着かぬようすで飲んでいた。

それから、アルバイトの女の子が入り、おじさんはじぶんの店なのに所在ない感じでいた。店内の音楽は、若い子の好みのにぎやかなものばかりとなった。

ちょうどそのころ、駅前のスーパーマーケットに、酒の売り場がつぎつぎとできた。法律の規制がゆるめられ、酒を売る店が増え、そのうえ、安く売ることができるようになったからだった。

おじさんの店が、できた年にあっけなくつぶれたのは、商売のしかたとは関係がなく、風むきが変わった。

三軒となりに、もっと有名で品ぞろえも豊富なコンビニチェーンの店ができたのに、こちらのほうがさきにつぶれた。ならびのラーメンやもパンやも毛糸やもなくなって、マンションになった。歩くひとの流れが変わって、道ごとすたれてしまった。

スーパーマーケットの勢いにしたがうように、商店街のにぎわい店は、駅のロータリーをはさんで、反対がわに伸びていった。酒だけではないかもしれない。それでも、日曜の夕方には、箱単位でビールが安売りとなり、段ボールを抱えて車に積み込むひとを、確かによく見た。

おじさんの店は、いまは一階を不動産の会社に貸して、そのまま上に住んでいる。このあいだ近くで飲んだら、酔っぱらっているのを見た。ふくよかな奥さんといっしょで、母ちゃんも飲めや飲めとぴったりくっついて、たのしそうにしていた。長年ずっと立っていたのだから、もう座って飲んでいいころと思った。

酒が安くなるのは、薬が安くなったのとおなじように受けいれられた。うれしいのと、おそろしいのが半分ではじまり、そのうちあたりまえになり、こんにちにいたる。

薬より、酒と米は、値が下がらないと信じきっていたのに、いまでは安くなってあたりまえと思っている。どんなに有名な蔵の限定生産品だろうと、フランスのシャンパーニュだろうと、そう思っている。上等なものが、安く簡単に手に入ることに、すっかり慣れてしまっている。

ビールがきれているときも、酒やよりも近くのコンビニエンスストアに行くほうがずっと多い。正札で売るせいもあってか、会社は買いつけをするのに熱心らしい。品ぞろえがにぎやかで、のぞくたび変わる。

はじめて見た地ビールとならんで、去年旅さきでおいしいおいしいと飲んで買ってきた日本酒が、きりりと冷えていた。

ついに、ここまできたか。がっかりしたのに、すぐに腕をのばし、うすあおの瓶の首ねっこをつかんでしまった。

まっかなドレス

上野でビールを飲もうと山手線に乗って、冷房で涼むうちに気が変わり、てまえの日暮里でおりることがよくある。谷中の墓地と反対がわにある、服地問屋街をのぞきにいく。

山づみになった反物の、値札をめくる。素材と、一メートルあたりの値段がある。既製服一着の値段で、三着ぶんの生地が買える。スカートなら丈の倍もあればじゅうぶんだから、はぎれのワゴンもじっくり見る。

裁縫の腕はまっすぐ縫うくらいで、スカートもファスナーはつけられない。作れるのは夏のあっぱっぱと、カーテンや手さげぐらいで、外に着ていける服がほしいときは、母に布と菓子折をいっしょに送り、縫ってもらう。

これとおなじのをお願いします。見本の既製品をいっしょに送ると、おなじかたちでできてくるのは、さすがに玄人と思う。

普段着はともかく、ひとの集まりに着ていくような服はびっくりするほど高いから、日暮里で気に入った布を見つけておいて、母に頼む。こんなのがあればいいと頭に浮かんだとおりの服を

着られるのは、ぜいたくなことと思う。

長年仕立ての仕事をしてきた母も、おばあさんが寝たり起きたりになってからは、開店休業がつづいている。ときどき親せきの服を引き受けるくらいで、いまはおばあちゃんといるのが仕事だからという。

腕に覚えのあるというのは、すばらしい。

転勤であちこち移り住んでも、母はどこからか仕立ての仕事を見つけてきて、どこに行っても頼りにされていた。急ぎの仕事や、ほかのひとが縫って、気に入らないと戻されたものを直す。何人も縫い手のいる洋装店にまぜてもらっても、お客さまに指名をされていた。

結婚するまえは、裁縫学校で教えていたこともあったという。スーツのようなものが得意で、お客さまは学校の先生やお医者さんが多かった。

ときおり変わったものも引き受けてきた。まっかなチャイナドレスは、共布を紐にして編んだボタンも作るのに、しくみがわからない。市販のボタンを分解して、知恵の輪みたいと苦戦していた。

もう三十年もまえのはなしだから、時効とさせてもらうと、男もののバスローブというのもあった。

発注したのは若い女のひとで、自分で縫ったことにしてプレゼントをするから、うしろの襟ぐりに、洋品店のしるしを縫いつけないように。伝票にそういう指示があった。こんなことをして、うまくいくのかしらねえ。ちびすけ相手にはなして聞かせ、縫っていた。

糸くずだらけの畳の部屋にいっしょにいて、人形で遊んでいた。ときどき、しつけ糸をほどいたり、残り布をあつめて束ねたり、針穴に糸を通しておくくらいの手伝いをした。巨大なＵの字磁石を持って畳をはいまわり、畳にこぼれた虫ピンを拾った。

仕立てにあまった布は、どんなきれはしも、いっしょに戻しておかなくてはいけない。のちのち、服を直すときに必要だからだった。それがあれば、丈をのばしたり、胴まわりをひろげたりするときに、目だたぬところで調整することができる。仕立て服のいいところは、気に入ったものを長く着られる。

家族で東京に住んでいたころは、練馬、中野、杉並の境あたりで三度移り住んだ。いずれもバスの便利なところで、母が仕事を引き受けている生地の店の仕事は、越しても続けていた。

駅まえからつづく商店街にあるコヤマヤは、店先にカーテンのように生地がつるしてあった。メーターいくらという生地と、着分でいくらという生地がある。

着分という布の長さは、作る服で変わる。ブラウスの生地ならこのくらい。スーツならこのく

らい。布は、巾や厚さも違うのでそれぞれにたりる丈をいう。そういう表示は、メーター売りをしないということで、仕立てを頼むような高級な布だった。

布にも洋服とおなじように、有名なデザイナーの名まえがついたものがあり、仕立て代も含めれば、ずいぶん値が張る。そういう布にはさみをいれる仕事というのは、なれた手とはいえずいぶん責任がある。母の腹のすえかたは、きっとこの仕事で培われたところがおおきい。いまになるとわかる。

コヤマヤには、お店のご夫婦のほかに、先生と呼ばれるふっくらした女のひとがいた。お客さまの注文を受けて、寸法をはかり、スタイル雑誌などから選んだ服の型紙を起こすまでを先生がして、そのあとの仮縫いからさきを母が引き継ぐ。

通った幼稚園は、コヤマヤの二本うしろの道にあった。母は自転車で送り迎えにきて、そのあしでコヤマヤにむかうこともよくあった。帰りにいっしょについていくと、お店の奥さんにおやつをもらった。仮縫いのときはすこし時間がかかるから、ならびの文房具とおもちゃのある店においていかれることもあった。

家に帰り、結婚式でもらった紫のナイロンふろしきを開くと、きれいなみどりいろの花がらの布があらわれる。数日のち、仕事部屋におかれた胴体だけのボディが、おなじ柄のスカートをは

いている。また二日もすると、おなじ柄のブラウスも着ている。ぼさぼさだった裁ちめがきちんと縫われて、ぴかぴかのボタンがつく。

見あげていたボディの背たけをいつのまにか越えたころ、使いつづけて紙がはがれ、土台の発泡スチロールが見えてきて買い替えた。母はそのとき、標準よりすこしふくよかなサイズのボディにした。仕立ての服をつくるお客は、着道楽のひとのほかに、既製服ではサイズが見つからないひとも多い。

こういう柄は、太ったお客さんに似あう。このお客さんは、きゃしゃなのに襟元のあいた服が好きだから、むずかしい。ヨーロッパから輸入された布には、ちいさな札がついていた。舶来品というはんこと、その国の旗がついていた。

とろけるようなスイスの綿、ふくら織りのフランスのウールの手ざわり、目のさめるようなイタリアのプリントの、すべすべした感触。

気に入って見とれそっとなぜた布も、十日もたたないうちに家からなくなる。こないだのは、きれいだった。きいろい髪の女の子の絵をかくとき、思い出してちょうちん袖のドレスをかくのは、ピンクか赤のレースばかりだった。子どもは地味なほうがかわいいのよといわれて、着ることのない色だった。

幼稚園にはいる年からはたちまで、コヤマヤのあるバスどおりは太くもせまくもならず、店のひとたちも変わらず、あたりまえに母は仕事を続けていたのに、ときどきかわりに届けものをすると、店の感じがすこしずつ変わっていくのに気づいた。

それまでは、ふたつある入口の、ほんの片すみにあるばかりだった既成のブラウスが、布にかわっておもてに飾られるようになった。スカートやズボンをつるすラックもおかれ、布地は店の半分ほどになった。

既成品のサイズが増えてきて、お客さまは高いオーダー服よりも、既成品を直して着るようになった。お直しの仕事が、じわじわと増える気配があった。

母が東京をはなれるとき、長年二人三脚だったコヤマヤの先生は、とても残念がってくれたという。母も、子どものようすを見に東京に来るたびに、みやげを持って先生をたずねていた。そのうち、兄とべつべつに、それぞれ中野や練馬からずいぶん遠くに越してしまってからは、疎遠になっていった。

高円寺や中野で飲むとき、ときどき懐かしいバスに乗る。せまい商店街の坂を、バスがゆっくりのぼっていく。きまって左がわにすわり、窓に顔をくっつけて、首をうつむけてコヤマヤをさがす。ここかなと思うところは、英語のなまえのブティックになっている。奥までのぞけないの

は変わっていないから、お店のひとたちの姿を確かめないまま、過ぎている。

いまは、住む町にも生地を売る店はひとつもないので、日暮里に行き、さまざま触って選ぶ。問屋価格といっても、手ざわりがいいと思うものはやはり高い。なつかしい舶来品のはんこが押されていることもある。既製品を買うときも、色がらよりさきに、手ざわりで選ぶことが多い。三つ子の魂と思う。

手ざわりといえば、いまは時効のはなしがもうひとつある。

日本橋のデパートのエレベータで、品のいい白髪紳士と乗り合わせたことがある。上の階にある画廊で展覧会をなさっている高名な日本画の先生で、母とふたり、まさにその会場にむかっているところだった。エレベータにはもうひとり、おなじ目的の女のひとがいて、いつも拝見いたしております。握手をもとめる。先生も気さくなようすで、ありがとうございますと手を差し出していた。

そんなのを奥の壁にもたれて見ていると、エレベータがとまる。

全員そろっておりたとき、

……さすがねえ、すごいカシミアだった。

まじまじ見送り、母がいった。

深い紺色のオーバーコートに、ベージュの襟巻をなさっていた。先生が手を差し出し、コートの背なかにすこししわが浮いたと同時に、母も手を動かし、気づかれぬようにコートに触れて、布の風あいを確かめたという。

いままで触ったどんなカシミアより、やわらかくて上等だった。いまも母は、テレビや雑誌でそのかたのお顔を見るたび、うっとり言わずにいられない。

水いろの傘

中野で飲むようになったのは、ほんの三年ほどのことで、それまでは、ただ懐かしい町だった。中央線に住む友人が増えた。彼らにとっては、中野はおとなになってから行くようになった町だから、高円寺、西荻、吉祥寺あたりとおなじように、気軽に飲める店を知っている。方位が苦手で、改札口は建物を目じるしに呼ぶ。中野は、サンプラザの改札と丸井の改札がある。サンプラザがわには、中野ブロードウェイがあり、そのわき道にいい店がある。住んでいたのに、知らないの。住んで二年の友だちに得意そうに誘われ、灯台もと暗しだったなあとついていく。

中野はむかしから物価の安いところで、週末電車できて、風呂に入りビールを飲んで、日用品や食べものを買ってバスを乗り継いで帰る。半日遊ぶのにちょうどいい。ひと恋しくて友だちに電話をするときも、中野までなら行くよといってもらえる。

子どものころは、はてなく続いているようだったブロードウェイは、なじみのない店のほうが多くなった。おじいさんのやっていたクラシック喫茶、友だちのお父さんが支店長さんだった銀

行、みんなもうない。残っているのは、わき道角かどから吹いてくるビル風くらいになった。中野サンプラザは、できたばかりのころ、テレビのニュースで、ビル風の見本として登場したことがある。

いまは、まんだらけだらけになった三階に、中学生のころ毎週通っていた。文房具や手さげハンカチなどのあるファンシーショップに、伝言板のようなノートがあった。

一中の誰だれ君かっこいいとか、AさんはB君とつきあっているとか、そんなことが書きつらねてある。

ぱらぱらと見て、これはあの子じゃないのと噂したり、友だちの悪口を見つけて反論を書きたした。こういうノートは、いまはインターネットの世界に引き継がれていることと思う。

中野は、友だちどうしで出かけられるいちばんにぎやかな町だった。日曜日や土曜日の午後、マクドナルドや地下のソフトクリームの店で待ちあわせ、繰り出す。長い通路は縁日のようで、ときおり、おなじ学校の気になるひとの一群とすれちがう。ふだんは見られぬ私服すがたに、惚れ直したり、がっかりした。

もっとちいさいころは、家族に連れられバスに乗り、食事や買いものをした。

父が、きょうはジローにいくぞというと、万歳唱えて靴をはいた。

バスがロータリーをぐるりとまわり、映画館のまえにとまる。いちばんさきに降りて、ペコちゃん立つ角に駆けていき、信号でとまる。渡るさきを見あげると、てっぺんにおおきなボウリングのピンがたっている。丸に井の字の旗が揺れる。

ジローは、サンプラザと反対がわ、丸井のうえにあった、エレベータが五階に近くなると、上の階のボウリングの音が、カコーンと聞こえる。

五階には、レストランがならんでいて、とんかつ、森永レストラン、銀座アスター、喫茶店があった。いちばん足しげく通ったイタリア料理のジローは、赤白格子の布のかかったテーブルと、女のひとの制服がかわいらしい。

ピザやラザニア、スパゲティも、家で食べるのとまるで違った。

これは家では作れないからねと、トマトソースやミートソースのからまりチーズのたっぷりのっかったオーブン料理を食べて、食後は地下のピーコックストアをのぞいて、駅のガードをくぐりブロードウェイを歩いてから帰る。

母は、ピーコックには近所の店では買えないものがあると、うれしそうだった。たしかにお菓子売り場には知らないチョコレートやせんべいがあって、すばしこくねだると、三たびに一度、

成功した。

もっぱらに通ったのは、ジローとピーコックで、そのあいだにある呉服や毛皮や上等な服や高級家具は、素通りだった。

丸井は、上等なものを分割払いで買うことができる、さいしょのデパートだった。クレジットカードが増えて、どのデパートでも分割で支払えるようになったのは、この二十年くらいと思う。

あちこちの駅のまえにある丸井の本店が中野というのも、ずいぶんあとになってから知った。

高校生のころは、デザイナーズブランドの服が大流行して、新宿や渋谷にある丸井のバーゲンセールにいくために、学校を休むひとがいたほどだった。にぎやかな町の丸井より、ずっと小ぢんまりした中野の店が本店なのは、ちょっと誇らしかった。

制服の学校だったから、服を買っても着ていくところがなかったし、買えるほどのこづかいもなかった。

大学にはいっても、アルバイトのお金はみなラッパにつぎこんでいたし、就職するころにはブランドの流行も落ちついていて、近くの町で買ったものを着て、まるで平気でいた。どこどこの店、だれだれの服と覚えるのが面倒なたちだった。それで、丸井の買いものは、ずっと高嶺の花のままとなった。

この七月、夏のバーゲンセールがひといきついたころ、中野の丸井が閉店するよと聞いて、本店なのにとおどろく。ほかの町はそのままで、中野だけが閉まるというのも、灯台もと暗しのことだった。遊びに行くのは、サンプラザのほうばかりだったから、知らずにいた。

閉店がわかっていて店のなかにはいるのは、勝手な感傷を押しつけるようで、いつも後ろめたい。それでもジローは家族四人でいちばん通った店だったから、最後にピザを食べたい。いいわけをぶらさげ、閉まる四日まえに出かけた。中野の改札を出ると、建物にあかいたれ幕がゆらゆらしている。

六十年間ありがとうございました。
閉店のため売りつくし　八月二十六日（日）まで
心をこめて最後まで頑張ります

入口には、丸井創業の歴史や、閉店を惜しむお客さんからのメッセージカードが展示されていた。丸井は、昭和六年の創業で、中野の本店は、さいしょはこの場所ではなかった。A館とB館では、B館のほうが古い建物だった。

エスカレータをのぼる。

どの階にも売りつくしの赤札が貼られ、ワゴンには値下げした商品が入っている。いつもよりもお客は多いものの、ひとをかきわけるほどではなかった。

五階までいくと、創業当時の写真が飾られ、テレビコマーシャルの数かずをビデオで流していた。モノクロ映像のファッションやインテリアは、いまでもじゅうぶん通じる、いいものはずっといい、さすがとながめた。

ジローにいくと、店のまえに待っているひとが三組ある。夕飯どきにはいり、ほかの店も混んでいて、頭のうえからは、かすかにボウリングの音がする。この階は、売りつくす気配もなく、つい、また来られるような気になって、そのまんま降りて外に出て、よその店にいってしまった。

酔って帰った翌朝になると、まだ名残惜しく、落ちつかない。それで、最後の日に出直した。

このあいだとおなじ時間に店にはいると、混雑ぶりはまるで違った。ひとがあふれかえり、会計を待つ長い列がある。あかいはっぴを着た店のひとが、最後尾と書いたプラカードを掲げて立っている。新聞やテレビのカメラも、来ている。

のぼりのエスカレータも、ひとがびっしりつまっている。店のひとは大きな声で、あと一時間

半です、売りつくしです、六十年間ありがとうございました。おおきな声を出している。たれ幕どおりの、心を込めた呼びかけだった。

五階まで着くと、ここも大混雑だった。それぞれの店は、閉店の特別メニューを用意していた。あきらめて、降りようとしたとき、

……長いあいだお世話になったから、お礼だけいいたいんだけど。

両親とおなじ年かっこうのご夫婦が、店長さんを呼び出してほしいと会計のひとに頼んでいた。おいしかったわ、元気でね。奥さんに声をかけられたジローの若い店長さんは、しろい歯を見せ、うれしそうに礼をいってなんども頭をさげた。ふたりは手を振って階段で降りていった。

頭のうえでは、まだボウリングの音がする。

おおぜいのひとと横一列にならび、階段をのぼると、球を放るひとの背が、横一列にならんで、そのうしろでボウリング場の男のひとが、後ろ手に組み、お客をながめている。最後の一日をかみしめるようなその目線に、五階までのにぎわいが、しんとなる。

もういちどひとなかに混じり、なにか記念に買いたいのに、あと一時間と気ばかりせいて、探せないままエスカレータをおりていく。

最後に一階で、競馬の模様の傘を見つけて、並ぼうとしたとき、入口がオレンジの夕焼けに染

まっているのが見えた。明るい光を見たら、傘を持つ気になれなくて、けっきょくなにも買わずにまた出てきた。

わきの坂をのぼり、ちいさな店でビールを飲んで、帰りは路地をまがりくねりながらおりてくると、丸井の裏口に出た。

なかで働いているひとたちが、立ち話をしていた。ひとりが、打ちあげやってるんでしょうという。もう、つまみがなんにもないんだよといったのは、地下のピーコックのひとだった。地下は全品半額だったから、棚のほとんどがからっぽになったという。そのひとは、明日も打ちあげがあるからといった。明日からは、閉店のあとかたづけがある。

水いろの、競馬もようの傘は、どんなひとが買っていったのか。長年お世話になったのに、手ぶらで出てきた野次馬ぶりが腹立たしい。

神楽坂のあんぱん

勤めていた最後の二年は、職場が神楽坂にあって、昼休みが楽しかった。

それまでは、高層ビルばかりの町だった。神楽坂ぞいにならぶ店はにぎやかで、すこしわきに入ると、風情のある石畳が残っている。夕方帰るころには、あでやかな芸者衆とすれ違った。

商店街には、あらゆる飲食店があったのに、弁当をぶらさげて通っていた。坂のふもとてっぺんに銭湯があるのが、なによりうれしかった。

一時から一時間の昼休みは、神社のそばの公園で弁当をひろげ、路地の猫やお寺の木々を見ながら、ぶらぶらしてもどる。

ひとりでは、喫茶店の空気もなじみがなく、ペットボトルのお茶をベンチで飲むほうが気楽だった。夜は、きまってビールを飲んで帰るのだから、昼も夜も外で食べれば、財布はすぐにうすべったくなる。

それでも、せっかく神楽坂にいるのだからと、週にいちど金曜だけ、弁当持ちをやめてみた。タンメン、そば、さぬきうどん、カレー、パスタ。ふた月ほどで、気に入った店ができてしま

うと、飽きてあとが続かなかった。

いちにち、電話ごしにひとの声を聞く仕事だったから、昼は店のなかの話し声にまざるよりも、外で食べるほうが気が晴れた。それで、金曜日は、坂の勾配のいちばんきつい中腹にある、木村屋のパンを買った。

サンドイッチと、やきそばパン。つやつやした桜あんぱんは、夕方のおやつに買っておく。昼休みは一時からだったから、行ってみると目あてのパンが買えないことも多かった。

きりりと三角巾を結んだエプロン姿の女のひとたちと、背の高いしろい帽子のご主人がいる。清潔な店のなかは、いまふうの、おうむのような声音がない。ひとりひとりの声で、いらっしゃいませ、ありがとうございますといってもらうと、仕事をはなれ、さっぱりした昼休みのからだになる。行くたびにすがすがしく、こちらこそ、お礼をいいたくなった。はぎれのよさは、東京っ子そのもので、子どものころ好きだった、ホリウチベーカリーのおばさんを思い出した。

ワインを飲むときにかたいヨーロッパ風のパンをかじっても、昼は、調理パンが断然ひいきで、つやつやのクリームパンを食べていると、なじみの猫が近づいてくる。ひとかけなめさせ、立ちあがる。また坂をおりて、電話のまえにすわった。

あるとき、木村屋のレジのうしろの壁に、

第一號

東京都　木村泰造

木村屋號

右使用を認許する

昭和二十七年十月三十日

東京銀座

木村屋總本店

木村栄一

額に入った証書が掲げられているのに気づいた。たしかに、ここのあんぱんはつやがよく、生地が甘くやさしい。銀座みやげとまるで同じだった。

いらい、ひとりで食べているのがもったいなくなって、友だちと会うときの神楽坂みやげにして買った。

パンはひとつずつ、ていねいにセロファンの袋に入っている。ほどよい大きさ甘さが、だれに

でもよろこばれる。そのおかげで、甘いものが苦手でも、あんぱんやクリームパンは大丈夫。そういう酒飲みが多いことを知った。

週にいちど、弁当のない日は、朝から手さげも気分も軽く、きつい坂もなんとも思わなかった。寒い時期になり、けやき並木に枯葉が舞うと、公園よりも、鍋焼きうどんや味噌ラーメンに足がひっぱられた。金曜日のパンが遠のいて、ときどきおつかいに出たとちゅうに、明日の朝のパンをとのぞいても、すっかり売れてしまっている。坂をのぼりおりする風はとがっていて、雨の日は傘を力いっぱいにぎりしめた。

引っ越しの雑然が残る、あわただしい暮れがようやくほどけて、あたらしい年がきた。

いつものように、開店まえの木村屋のあんこ色のシャッターまでのぼってくると、店のまえに立ちどまっている女のひとがいる。しろい貼り紙をよんでいた。

目があった女のひとが、残念ねえといって、さきに歩いていく。

銀座木村屋の分店として、明治四十年に開業させて戴いて以来ご当地で営業させて戴きましたが、諸般の事情により一月二十九日をもちまして閉店させていただきますこととなりました。

閉店の日は、よく晴れた土曜日だった。まえの日までに終わらなかった仕事も気になって、昼すぎに神楽坂に出た。毘沙門天のあたりは、遊びにきたひとでにぎわい、肉まんの店に長い列ができている。

休日出勤はふしぎとはかどって、夕焼けまでかかると思っていた仕事が三時で終わった。神楽坂をおりていくと、木村屋のまえで、写真を撮っているひとたちがいる。神楽坂のタウン誌のひとたちが、取材に来ていた。

自動ドアのなかは、まだぽつぽつとパンがあって、なかにはいると、先客のおばあさんが、のこったあんぱんを買い占めたところだった。

お盆を持ち、パンはさみをかちかちさせて、店をぐるりとまわると、奥からあたたかい甘い匂いがふーんと漂ってくる。

目のあったご主人に、まだパンが出てきますかときくと、あと十分であんぱんが焼けますと教えてくれた。それで、店のなかで待たせてもらっていると、焼けるところ見てみますかと、声をかけてくださった。

あんぱんの生地は、銀座と同じ工場から来て、配合は秘密なこと、本店とまったくおなじよう

に焼かなくてはいけないこと。お店の女の人は、お母さんとおばさんと奥さんだった。そんなことを使いこんだ質実剛健なオーブンのまえに立って、ぽつんぽつんとはなしていると、タイマーが鳴る。

天板のうえに焼きたてのパンがならんで出てきた。余熱で固くなるからと、すばやくしかくい箱にうつしかえる。箱のわきには、キムラヤのパンと書いてある。

御主人は、まえかがみになって、ぜんぶをうつし終わると、からだを起こして、はればれした顔をなさった。

……はい、最後のあんぱん、焼きあがりました。

買い占めたい気持ちを抑えて、みっつ買い、抱いて出ようとすると、お店のみなさん全員そろって、ありがとうございましたと送ってくださった。それぞれ、いつもよりもほっとした顔をされている。

いれちがいに、買いもののかごをさげた奥さんが入ってくると、四人は、いつもとおなじように、それぞれの持ち場についた。

甘い温度がふくらんだ店のなかは暖かかったのに、押されるように坂をおりると、首も頬もすぐに冷える。袋からひとつとりだして、まだあたたかい丸いパンを、かじりながらおりた。

提灯千秋楽

ほとんど毎日飲みに出て、なじみのところもいくつかある。きれいなママのいる店でも、すっぴんで飲んで平気でいるくせに、うち明ければ、焼きとりやに鼻がきかない。

町じゅうにたくさんあるから、行きあたりばったりになる。日本酒も焼きとりも好物で、誘ってもらうことも多い。なんとなく口にいれていて、味のよしあしも考えないから、いざひとりで食べたいというときに、さがせない。

店のほうも、駅という駅に支店のあるところから、ひと月まえに予約をしないといけないというところまで、さまざまある。明日の財布のなかみもわからないのに、ひと月さきの酒の心配をしていては、身がもたない。

仕事がすんで出かけるときは、たいていひとりだから、広い店で、団体さんがにぎやかにしているところには足がむかない。

食通ガイドブックを見ながら、常連さんが肩をならべているおとなの部室のようなところに、おそるおそる訪ねていくというのもしない。えり好みをして、あたりさわりのない一期一会の店

ばかりが増える。

ときおり、はじめておりた駅から、ぶらぶら散歩する。すこしはずれた銭湯から出ると、路地からもうもうと甘からい煙が吹き出しているのに出くわす。おおきな提灯が揺れている。ここはいい店にちがいない、ちがいないからこそと迷う。身の丈とのれんの背くらべだけをして、入らず過ぎるほうが多いかもしれない。

材料や酒を吟味して、妥協しないでそろえている。提灯はすすけていても、店さきはこざっぱりしている。なかに入れば、きっと、すじ道にきびしいあるじがいる。

頑固おやじは頼もしい、それでも寡黙すぎれば縮こまる。講釈上手は、口下手にはありがたい。とはいえ、客のまえで若い衆に説教するようでは酒がまずい。いばりん坊が芸になっているなら肴にながめて飲めるといえども、名物あるじのとなりの息子が、虎の威をかりあぐらをかくなら、判官びいきが首をもたげる。下町だろうが殿中松の廊下だろうが、けんか腰にならざるをえなくなる。ビールひとくちで、さっさと立ちあがる。

焼きとりは、競争も大変な稼業だから、気弱なひとにはむかない仕事かもしれない。いばるというのは自信の裏打ちだから、信用できる。それでも、いつまでも高みに立っていれば、かならず愛想をつかれる。のれんといっしょに、あるじのひとがらにも、すすけて渋みがし

みこみ深まる。そこにたどりつけるまでの味と辛抱が、重たい仕事と思う。

そう思っているのに、慣れ親しんだ味ほど、減点法にする。背たけの違う店にはいると、威嚇(いかく)するように器のちいさい客になる。天にむかってつばをはいても、けっきょく頭におちてくるのだからと、中途はんぱな酔いをなだめる。

新入社員の二年間は、本の町に出向していた。神保町に単行本を作る部門ができて、荷造りと電話番として通っていた。

本社のある赤坂は、お屋敷と大使館くらいしかないところだった。にぎやかな交差点におりたったのは、このときがはじめてだった。不勉強な学生あがりで、この駅にはじめて降りましたと上司にいって、おどろかれた。

通うようになっても、古書店にはいるのは、もっぱらおつかいだった。まるきり子どものつかいが、むずかしい本をつぎつぎ買うから、店のひとも不思議がっていた。それでも通っているうちに、どこの店にいけば、どんな本がならんでいるくらいのことは覚えた。

本に縁はないまんま、なにより飲み食いの店を迷えるのが、うれしかった。

昼休みには、月曜から金曜までちがう店にいってもまだまだある。本の重さで腰を傷めることたびたびでも、ビアホールのある町というので帳消しとなった。

神保町から御茶ノ水にかけての地理に慣れてくると、行き帰りの道は、大通りをさけていく。駿河台下からぶらぶらとのぼって、ひと駅歩いて御茶ノ水から電車に乗る。

上野にあるガラクタ貿易という店の支店をのぞき、白水社のまえをとおって、神社につきあたる。そのまま坂をのぼり、ニコライ堂をぐるりとめぐって帰るのが、好きな道程だった。

このあたりは、もみじの木、いちょう並木、八重桜、季節ごとに花や木の見ごろとなる道が交差している。

のぼり坂からは、いっぽん入る道の奥にビルがあり、おおきな提灯がぶらさがっているのを、左がわの目を流して、いつものぼった。新入社員は、焼とり鳥玄のまえまでいっては、なんども背くらべをして、そのまま過ぎた。

ときおり出てくるひと、はいるひとに会う。長年背広を着慣れているひとたちばかりだった。舌の肥えた、玄人ののんべえに見えた。いつか先輩といっしょに来たいと思いながら、そのまま二年がすぎて、本の仕事が終わるとまた、赤坂の本社にもどった。思えば、それからもう二十年近くがすぎている。

勤めをやめ、また本に近い仕事をするようになって、月にいちど白水社にうかがうようになったのは、うれしいことだった。ならびにあったガラクタ貿易は、もうなくなっていた。そのかわ

りに、立ち呑みの店や若いひとの開く古書店も増えて、ぶらぶらして帰る楽しみができた。

会社のひとたちが行っている近くの焼きとりの店が、閉店します。最近行くようになりましたが、御主人が気さくな方で、残念です。そう聞いたとき、毎日ながめていた店のこととわかるのに、しばらくかかった。それほど、繁盛ぶりしか覚えていない店だった。

紺地にしろぬきののれんは、鳥玄とよこがきで、丸のなかに平の字の紋がある。なかに入ると、食品衛生責任者の札に、堀部平八郎という名を見つけて、紋は御主人の一文字とわかる。店のおくには、お酉さまのおおきな熊手がある。

最後の週は予約でいっぱいになっていて、月曜の晩だけ席があった。話しをしてくれたひとといっしょに行くと、頭に手ぬぐい鉢巻、しろい鯉口のだんなさんは、ばちばちとうちわをはたいている。炭がぱきんとはぜたとき、目があう。

ひとりは近くの会社のひと。もうひとりは、はじめて。めがねの奥は、そういう目になったのに、わけへだてする動きはなく、口もとはかわらない。だんなさんのうしろにしろい紙が貼ってある。まるっこいペン書きの文字を見たとき、もっと早く来ればよかったと悔やんだ。

閉店のお知らせ
三月十八日（金）を持ちまして、閉店させて戴きます。
これまで御利用ありがとうございました。

店主敬白

カウンターに十五人、はなれて五人ほどがすわれるテーブルが、ひとつある。カウンターには、冷蔵ケースがのっていて、だんなさんの後ろは、作りつけの棚になっている。そこの上段から品書きがぶらさがっている。

かわ、すなぎも、ちぎも、つくね、かしわ、しらたま、はつ、はつもと、あすぱら巻、おくら巻、うめやき、さびやき、ししとう、しろぎも、やげん、てば先、つみれ、ぎんなん、あいがも、冷やっこ、とりわさ、和風さらだ、鳥カルパッチョ、うめとのりととりの茶漬け、焼おにぎり。酒は澤乃井、焼酎は白波とかんのこだった。鳥は、岩手の銘鶏菜彩鳥、炭は、備長炭。

炭火焼きとりおすすめコースを頼むと、若いひとがビールを運んでくれた。

やせがたで、ごましお頭の御主人は、ひたすら焼きつづけ、冷蔵ケースのなかに並んだ串が、

どんどんとり出されていく。となりに座っている女のひとが、ひとつ食べては、あれこれたずねると、焼具合を見るあいまにきちんと説明している。扉があき、また二組、なじみのお客がはいってくる。女のひとが、おいしいでしょうと声をかけてくれる。はじめてきたのに、大事な常連さんの席をあけてもらい、鳥玄の夜にまぜてもらった。

最後の日にもういちどと思うと、もう夜は予約のすきまもない。ランチタイムがあるときいてうかがうと、冷蔵ケースのうえに弁当箱がならんでいた。

御主人は夜と変わらず炭のまえに立ち、若い女の子が弁当をつめている。弁当箱の半分は鳥とたまごのそぼろがしきつめてあり、みぎがわは、きざみ海苔をちらしたうえに、焼きとりとつくねがならべてある。

病院の白衣を来た女のひとが、持ち帰りを頼みましたがと入ってきた。受け取ると、長い間ごくろうさまでしたと御主人に声をかけた。ありがとうございました。堀部さんは、うちわをはなさず頭をさげた。

きょうの夜は大変ですかときくと、今週はもうずっといっぱいでしたから。さっぱり笑っていた。閉店は建物がなくなるからときいていたから、どこかべつのところで始めますかときくと、

いえもう焼きとりは。さっぱり笑ったままでいた。

店の奥の流しでは、奥さんが洗いものをしている。だんなさんは、焼きとりを皿にのせ、女の子に渡す。渡された女の子は、皿のうえの焼きとりを弁当にのせる。その受け渡しに使って、からになってもどってくる皿にたまったたれを、一滴残さずという手つきでたれの壺にもどす。もう焼きとりは店じまいという日なのに、もどしている。その壺が、もったいない。気になりながら、店を出た。

その日は、なつかしい町をぶらぶらして、書店や喫茶店につとめている久しぶりの友人知人に声をかけているうち、夕暮れになった。

慣れた足は、ふたたびニコライ堂につづく坂にむいた。神社のならびに更地がある。まえはどんなビルが建っていたか思い出せない。タンポポがびっしり咲くしかくい地面は、金網でかこまれている。その奥に、焼きとり鳥玄の提灯の、さいごの明かりが灯っていた。

店のまえでまた、背くらべをしても、もう入れない。店のまえには貼り紙がしてある。

本日は鳥玄駿河台店の最終日となりますので、
初めてのお客様ご遠慮願います
店主敬白

壺のゆくえ

どうして閉じちゃうの、さびしいわねえ。買いものに来た奥さんがいう。お世話になっていたのに、すみません。あるじはあいまいに頭をさげ、口をつぐんでしまう。

店のなかのことは、客にはわからない。めでたいことではないから、あたりまえのことだった。どうしてと知りたいだけで、ずかずかと入りこむわけにはいかない。閉店の日の感傷は、店のひとたちも客も、ひとりずつさまざま持っている。クリスマスや年越しのように、記憶を共有するのは、なじめない。

まえの日までなんの気配もなく、暦があらたまったついたちに、シャッターに閉店のあいさつが貼ってある。

商いをたたんで、そのまま住んでいるひとならば、風にのって事情が耳に届くこともある。東京では、昨日までいたひとの姿が消えてしまえば、その月のあいだにべつの店になっている。そうすると、どうしたのかしら、残念ね。そのあとは、なにもわからない。いっしょに貼り紙を見る奥さんの声にさえ、二度と会わない。

こんなに熟練の味があり、まだまだ働ける。誇りを持ってのれんを掲げている堀部さんが、焼きとりはおしまいとしたのを、不思議なことと思った。建物の都合なら、場所を移すことはお考えにならなかったのか。店を閉じてべつの仕事をなさるなら、もう会うことのないなじみのお客がおおぜいいる。黙々と串にむきあうことに専念して、そのひとたちに話さずじまいとなったことがあるかもしれない。

週があけた雨の日、また鳥玄のまえに立つ。店のまえには、あたらしい貼り紙があった。

三月十八日を以ちまして閉店致しました。
これまでありがとうございました。

鳥玄店主　堀部平八郎

ガラス戸のむこうに、ひとの動く気配があった。

……閉店を公表をしたのは、三月一日。最後の三週間は、五時にあけたらすぐにお客さんが来る状況でした。通常の三倍混んで、最終日は全部きれいに食べてもらいました、全部完売。

表通りの主婦の友社が空き地になって、周囲の土地とあわせておおきなビルが建つということ

になりまして。

主婦の友には、三千人からのひとがいて、すぐ裏ですから、なじみのお客のほとんどがこのビルの方だった。そこが空き地になって、がくっときた。ありとあらゆる手をうって、娘も手伝ってくれて、チラシまきしたり勧誘したりなんかしてがんばったんですが、焼け石に水という感じでした。

鳥玄は、一九八〇年、昭和五十五年の十一月に開店した。

……大学は、機械工学部だったんですけど、めざしたものと内容があわなくて、アルバイトに明け暮れました。スキーはずっとやっていて、大学でもスキー部を作って初代部長をやった。それで、卒業したらスキーロッジをやりたいなとおもいまして、七三年に新潟でスキーロッジを始めました。

そのとき、学生時代アルバイトしていた喫茶店の経営者が、御茶ノ水界隈に焼きとりやがないから出したい、修業して、店を出さないかと声をかけられたんです。それで、原宿にある店で、三ヶ月修業しました。

たれの作りかたは、そこで教えてもらって、そこでたねのようなものをもらうんです。その店

にはずっと由緒正しきたれがあって。たしかいちばん最初は、明治時代だった。どんどん伝わってきたものを、すこしたねとして入れるんです。そこに、自分で作った新しいたれを減ったぶんだけたしていく。ぬかみそとおんなじ。

修業のあとは、思いきり自分のやりたいようにできたんで、どんどん洗練させていって、肉の仕入れもかえて、最終的に岩手の彩菜鶏におちついたのは、バブルが崩壊してからですか。炭は、修業したときからずっと備長炭です。

この鶏は、植物性飼料だけをあたえた、かなりこだわった鶏なんです。あまり見かけないけど、知っているひとは、知っている。

鶏肉の話になったとき、まえの年のさわぎを思い出した。鳥インフルエンザの流行で、鶏肉を避けるひとがたくさんいた。

……鳥インフルエンザの影響は、もうダブルパンチのカウンターパンチでした。それで、そとがわから影響を受けるのは、つくづくいやだと思ったんです。

自分に関係のないことで、自分はなんの悪さもしていないのに、そのひとたちの影響で、土地を更地にしてみたり、売り上げがおちたり。外的な要因をうけやすい商売、飲食店はもうちょっとつらいなというふうに思ったんです。

お得意さんは、出版関係、病院、近くの会社のひとたちで、おいしいものが好きな、風変わりなお客さんも多かった。堀部さんと奥さんの佳世子さんは、おもしろい男の子がいてね、と顔を見合わせる。

……カウンターに食べ終わった串をいれる壺があるでしょ。その串壺を自分の食べた串でいっぱいにして帰りたいという願望をもっているの。入れようと思えば、串なんて四百本もはいるんだから、君、むりなんだといってとめるんだけど。とにかく、なんでも四本ずつ食べていく。手羽先四本、かしわ四本、アスパラ四本、つみれ四本。四かける四で十六本。それを三回の四十八本。そのうえ、従業員のまかないを食べていくんですよ。カレーを山盛り、これは売れるとかいって。見てるほうが気持ち悪くなるから、もうやめてくださいって。

佳世子さんが、困った顔をすると、相撲部屋からスカウトに着たくらいのひとだから、もう伝説だと堀部さんがかばった。

そのとき店の明かりをみつけて、男のひとが入ってきた。どうしたのと声をかけられ、堀部さんは、立ちあがる。どうもすみません、ちょっと具合が悪くなりまして。

男のひとは、長いことご苦労様でした。おいしかったのに残念だね。またやるようになったら教えてくださいといい、頭を下げて帰っていった。

見送り、ふたりは、あのお客さんは、最近お昼にくるようになった方なんですといった。

……ずっと近くの会社に勤めていて、退職しても歯医者さんかなんかで通うようになって。それで、お昼にここで食べるのを楽しみにしてくれていた。家族も連れてきたね。奥さんと、娘さんと、めいごさんなんか連れて夜にきて。おいしいだろ、おいしいだろって、食べさせた。

最後、二月だったかしらね。来た客を忘れない堀部さんと佳世子さんは、ガラス戸の外をおいかける。

……朝は、九時半にはじまる。近所の買いものをすませて、十時に炭をおこす。それから昼のそぼろの仕込みをして、十一時くらいに炭をきれいにつくように、じっさいに焼けるように並び替える。それからお弁当、お持ち帰り、予約のはいっている弁当を作り始めて、十一時半に店をあける。そこからは、しっちゃかめっちゃかに忙しくなって、十二時ころからは、お店のほうだけになって、そこから一時半まで営業して、かたづけ。

二時から食事をして、三十分休憩。そこからこんどは、仕込みですね。これが四時くらいまで。そこから近くの喫茶店でコーヒー。おいしいコーヒーを飲むのが楽しみなんです。ぼくは、ちょうどそこで昼と夜が切り替わるんですね。

それで、五時にオープンです。お客さんはだいたい六時ころから入りはじめて、九時半にラストオーダーなんですけど、じっさいはお客さんがいると十時くらいになっちゃって、いちおう十時半には閉店するんですけど、それでかたづけおわるのが、十一時半。うちに帰るのが十二時。これが月曜から金曜まで。土日の休みのほかは、一日も休まず、二十五年間でした。

ガス工事のひとが来て、堀部さんは、ときどき席を立つ。忙しいあいまに、佳世子さんはお茶のおかわりを、なんどもついでくださる。

閉店の日にあったものは、まだそのままなのに、たれの壺だけはなかった。

……たれは、近所の自然食品をやっているひとが、ぬかみそといっしょに引き取りたいというのでさしあげました。食と農を考える店で、うちの店の考えにもあっていたもんでね。

このあいだ、となりにお座りになった女のひとですよ、たれのたし方は、全部教えておきました。堀部さんは、やっと、にっこりされた。

……あのたれは、もうエキスがたまっているから、あれに新しく作ったのをどんどんたしていくと、いつも熟成されたいいお味がでるんです。

たれは、企業秘密じゃないんです。佳世子さんはいいそえる。

……よく聞かれたんですよ、企業秘密ですかって。みなさん、レシピを教えてくださいとおっ

しゃって。教えますよ、でも毎日毎日、焼きとりを入れられますかとうかがいますと、それはできないですよね。

五升入りのたれ壺は、いちばんいそがしいときには、ふたつあった。ちょうど、八〇年代の後半でバブル景気といわれたころだった。

バブル景気のおわりごろ、鳥玄はこの店のほかに、近くで弁当の店も始めていた。

あのまま続いていたら、お金に勘違いしておかしくなっていたと佳世子さんがいうと、はじけるからバブルなんだ、つづかないよと平八郎さんがいう。勘違いしそうになったんですかと聞くと、ふたりは、していましたと声をそろえた。

昼は、おおぜいのアルバイトを雇い、弁当を売る。夜になると、店には羽振りのいい社用族が通ってくる。もうければ、税金を払うばかりだから、店をもう一軒だして、借金するようにすすめられる。平八郎さんは、そのころ趣味だった自動車レースのチームを持つほどになった。

……景気がどんどんよくなっていって、株価が上がって、地価があがって、みんなのふところがあったかくなって。もうほんとうに、湯水のようにお金があふれていた。それが突然、終わっちゃった。

ガス工事が終わり、ご苦労様でした。堀部さんが、代金を払いに立つ。戻ってくると、ぼくにはね、店の体力がこのあたりから立ち退いたほかのひとよりもあったから、考える時間があったといった。

……主婦の友のところにビルができるなら、日大病院はお得意さんだったし、いいなって、喜んだんです。それが、いつのまにか周りの建物もその土地になることになって、ここにはいられないとわかった。

そうしたら、このあたりに、代替地がない。ぼくが探して見つからないんだから、立ち退き業者のひとが探せるはずがない。そろそろつぶれそうだなと思う場所はあっても、そこでぼくがやっても条件はわるい。条件のいいところにある店は続いているし、もう行くところがないじゃないか。

僕のお客さんは、この地域のひとだから、ここでないといけないんですよ。いままできてくださっていたお客さんを、大事にしたいっていうのもあった。でもほんとうに、場所がないんです。それで、どうしようかと考えたら、前からやりたいことがあった。

それで、そういう仕事につけるようにしてくれるかと条件をだしたら、そのようにしますと認めてくれた。

堀部さんは、来週から、新しい仕事の勉強にはいる。いままで、なんでも自分で開発してきたから、いちどちゃんと勉強したい。座りなおし、背すじがのびた。

カウンターのなかにはいり、まんなかに立つ。

……この店も、自力で作ったようなものなんですよ。カーテンのレールとか、水道関係の修理とか、全部自分でやって、細かいところは全部自分の使いやすいように手直しした。ちいさい棚とか、台なんかは、寸法あわせてぴったりのやつ、自分で作っちゃって。ここに立つと、いろんなしかけがあるんですよ。ドアが、ここから閉められるようになってる。お客さんが開けっぱなしで入ってきても、まわっていって閉めなくていいように。

休みの日は、そんな修理とか手直しばっかりやってました。クーラーのオーバーホールもした。電気はだめなんですけど、機械のしかけは、あれが動くとこれが動く、こうなるっていうのは、わかる。機械工学系だからね。

なんでも捨てないで、廃物利用が好きなひとで、捨てないから困ってまーす。佳世子さんが背なかに声をかけた。

鳥玄は、雑誌の取材をいっさい受けない店だった。

開店したころいくつか雑誌に載ったら、地域のお客さんじゃなくて、遠くから食べに来る目的

のお客さんに、早い時間から占領されちゃった。それでは地域のお客さんに奉仕できない。それが僕の方針とは違ったんで、それ以後お断りしました。

そのときだけお客さんが増えちゃったり、そのことでこっちも天狗になっちゃうでしょう。それがよくないなと思った。佳世子さんもいった。

さっきのように、訪ねてきて閉店を知ったお客さんに、お伝えしたいことはありますか。帰りぎわにきくと、また、背すじをのばし、両手をひざのうえにのせた。

……大変申し訳ないと思っています。わたしの勝手な気持ちで、無理やり辞める必要もなかったといえば必要もなかったんだけど、ちょうど、自分のやりたいことが相前後してあったので、そっちへ飛び出すチャンスだと思っちゃったんだ。

私としては、支えていただいてほんとうにありがたいと思っていて、裏切るような気持ちもあるんです。それを、どうか勘弁してくださいといいたいです。

あかい鼻緒

春よこい、はやくこい。

立春そうそうに飾ったお雛さまは、すっかり退屈されている。両親のすむ東北では、雛祭りは旧暦だから、せっかくだからと今年はまるまる二ヶ月座っていただいている。連日その名をお借りして、ひとを呼んでにぎやかにした。濁り酒、白ワインをおつきあいいただいて、さすがにこのごろお疲れのように見える。

弥生三日に飾った桃の枝を、日ごと短く切っていく。けさはもう花が落ち、きれいな葉っぱがでてきた。

お雛さまに見守られながら、厚手のオーバーコートと太い毛糸で編んだセーターを茶箱にしまった。セーター二枚をはずしただけで、たんすのひきだしがぐっと広くなった。

ブーツも、来週あたりが履きおさめ。靴磨きをしていると、粉っぽい風が、半開きにした玄関の扉から部屋の窓にぬける。

筒になっているところを磨くと、ひとの足をなでさすっているようで、なまめかしい。ならぶ

どこかの部屋で、洗濯機の音がしているせいか、春の川辺の匂いがかすめた。

下駄箱には、運動靴、ハイヒール、登山靴、制服の学生が履く黒い靴。色かたち、脈絡なくならんでいる。おなじおおきさでも、かたちによって、大きかったり、きゃしゃに見えたりする。ずらりならんでいると、家族で住んでいるようにも見える。

玄関には、いつも男ものの下駄があって、このアパートに引っ越すとき、押し売りよけになるからと、履き古しをいただいた。

もうひとつ、春から秋までは、黒い塗り下駄をならべて、近所をからんからんと歩く。残念ながら冷え性で、靴下を重ねて履く冬のあいだはしまってある。

下駄は、みよちゃんのように、あかい鹿の子の鼻緒をつけた。もう十年も履いているから、歯はすっかりすり減っている。

はじめて、台と鼻緒を選んで、その場ですげてもらった。そんなぜいたくができたのは、商店街のスタンプのおかげだった。

せんべい、たまご、野菜を買って、百円ごとに切手のようなスタンプを一枚もらえる。スタンプ帖にならべて貼り、一冊たまると、五百円になった。

夏が近づいて、もう半ズボンをはいていた。買いものがえりに、ゴムぞうりで歩いていると、みぎが、ぺろんと脱げた。見ると、やわらかいプラスチックの鼻緒が、ぶっつりちぎれている。はだしもたいして変わらないから、脱いで帰ると思い、そういえばとなる。そのまままっすぐ歩き、さっきまでいた商店街がおわり、すこし道が細くなる。そこからまたべつの名の商店街になる入口に、はきものやがあった。

店のなかは、いつでもうす暗く、ほとんどの棚に大風呂敷をかけてある。住みはじめたころは、もう閉めた店と思っていた。商いをつづけていると知ったのは、ついこのあいだから、子ども用のゴムぞうりが店のまえにぶらさがったからだった。

大人用は、一種類だけで、男ものは、青、女ものはあかい鼻緒だった。さっきだめにしたものとまったくおなじでつまらない。とはいえ、もう漫画のかいてあるものを履くわけにもいかない。たばこをふかしたおおがらなおじさんに千円はらって、釣りを受け取り、九枚、オレンジのスタンプをもらった。

会計をするガラスケースのなかには、エナメルのぞうりや、へび皮の雪駄(せった)といった高級品が箱にはいってならんでいる。うす暗いから、店というより理科準備室のようだった。

ゆかたに履く下駄は、ありますかときくと、くわえたばこで背なかをむけた。白木と塗りの下

駄をことんことんと並べた。歯の高さ、巾、塗りは黒と茶があった。どれも、台に穴がみっつあいている。

たばこの灰が、セメントの床にこぼれる。

おじさんは、鼻緒の束を見せて、ここから好きなのを選んでつけるといった。

赤や黄、トンボ柄や梅、鹿の子、井桁、かまきりのような黄みどりもいい。

迷いながら、サイズは二二・五か二三センチですというと、下駄なんて、ちょっとちっちゃいくらいが見栄えがいいんだ。余計なことをといいたげに、ぶすっとした。

負けずに、台は、塗ってあるほうが高いですかときく。

……台なんて、みんな変わんないよ。この鼻緒がちがうんだ。台は大差ないけど。もっともいい鼻緒つくるひとなんて、いなくなった。みんなお祭りのときしか、履かなくなっちゃったから。うちだって、あっちのほうが売れるもん。

店さきの大風呂敷のすきから、突っかけサンダルや男ものの庭ばきサンダルが見えた。

それからおじさんは、むかしは大通りのさきに色町があったから、呉服やはきものやは、はぶりがよかった。いまだって、芸者衆のいる町ならいいんだろうけどと、ぶつぶつつづけて、居心地が悪い。

足もとを見られるとはこのことで、おじさんは、ちぎれたゴムぞうりで来た安っぽい客を、ただ面倒そうに見ていた。

そのとき、下駄を持っていなかったわけではなかった。おばあさんが履かなくなったものをもらってきていたから、値段だけきいて、その日はゴムぞうりだけ買った。

帰って、ひっぱり出してみたら、新品同様で履かないまましまってあったのに、生地の台はくすんでいた。たわしでこすって、乾かしても、うっすら親指のあとが消えない。

この下駄をふだんばきにおろし、ゴムぞうりと交互に履きはじめた。洗ってはかわかしてとくりかえし、玄関に下駄とゴムぞうりをならべておく。気がつくと足は正直で、桐下駄のほうをつっかけている。それなのに、その夏のさいごの夕立に走ったとき、ゴムぞうりの鼻緒は、またちぎれた。

秋祭りのころ、ちょうどスタンプが十冊たまった。オレンジ色のスタンプには、店ごとの番号がついている。2はとうふ、6はパン、5はせんべい、4は花、18はおでんだねの店の番号だった。一番多いのは、6のパンだった。

神社の境内でラジオ体操をして帰るころ、焼きたてのパンとつくりたてのサンドイッチがなら

ぶ。近くの高校の男の子たちが、運動部の早朝練習のまえに買いに来るから、このベーカリーは開店時間がはやい。にぎやかにしているのを見ると、まねをしたくなって、サンドイッチとコーヒー牛乳を買う。

うっかりすると、一週間で米よりパンを多く食べることがある。サンドイッチをぶらさげ、日本国におけるパン食の浸透ぶりにおもいを馳せ、角までくるとはきものやだから、そこからは、下駄履きから靴履きになったはきものの推移を考えながら帰る。

たまったスタンプ帖を束ねて、これはいっぺんに使えますかと入っていく。やせたおばさんがいた。このあいだとはうってかわって親切に、どうぞどうぞお使いください。店のおくから出てくる。

まえに来たときより、ますます店はしんとしている。おばさんが出してくれた下駄と鼻緒の選択肢もすくなくなっていた。

汚れが目立たぬように、塗りと決めていた。塗りは、黒だけになっていた。かまきりの鼻緒は品切れで、ジーンズにもあうだろうからと、あかい鹿の子にした。

……このごろは、下駄が外反母趾(がいはんぼし)にいいっていって、若い方がお見えになりますねえ。うちの孫の幼稚園もみんな、冬でもはだしでぞうりです。冬はちょっとかわいそうなんだけど、体にい

いんですって。

おばさんは、三つの穴にきりをつかって鼻緒を通すと、そのやせたからだや柔和なものごしからは想像のつかないすばやさと力をこめて、細紐をしごいてすげたので、おどろいた。腕からしたの強さ速さだけをみると、仕事人に当選確実という殺気だった。手が覚えた仕事というのは、本人が気づかぬうちに、とりつかれたような動きを見せることがある。

試しに履いてみると、指のまたがすがすがしい。いまのいままでなじんでいた下駄をすっかり押しやり、このまま履いて帰ります。古下駄をビニール袋にいれてもらい、スタンプ帖を渡す。このあいだ、おじさんに十冊ぶんと消費税と聞いていたから、がまぐちから差額をはらおうとすると、いちにいと数えていたおばさんが、三冊戻してくる。

十冊ぶんときいたといったら、うち、今月で店をやめることになって、勉強させていただいてるんですよ。ふかぶか頭をさげられる。

そんな知らせは、店のなかのどこにもない。

見まわして、すみません。三冊引き取った。

おばさんは、履いてみて具合が悪いようだったら、もってきてください。今月中なら大丈夫ですといった。

あのスタンプ帖は、儲けになるのだろうか。ねだって、ただでせしめた。ずるをしたような、ばつの悪さがあった。閉まると知っていたら使わなかったのに。スタンプ帖にあたって、机のうえに放り投げる。

ビールを持ってきて、缶のまま飲みながら、三冊をながめる。もう集めるのはやめると思いかけて、裏表紙を読む。使用できる店の一覧表に、さっきのはきものやも入っている。そして、最後の一行に、このスタンプ帖を、おなじ商店街にある信用金庫にもっていくと、一冊五百円として預金ができますと書いてあった。

ビールの苦味に、気がついてくる。すこしほっとした。

坂なか書店

あたらしい本ができて、書店に出かけて行く。名まえを見つけると、教室のうしろにずらり習字や絵を貼り出されるときのようなながめで、書棚のまえでぎゅっと目をつぶりたくなる。

ときどき、署名入りの本を置いてくださるところがあって、うかがうと、五冊十冊と、用意して待っていてくださる。いつも、心配しながらへたな筆を入れる。

カバーや表紙は、装丁家や画家のみなさんが、ていねいにしあげてくださっている。すでに万全となっているところに悪文字で汚すことを、伏してお詫びしたい。くわえて、署名を入れた本は、返品がきかない。売れ残れば、書店の損失となる。こんなに書いても、大丈夫でしょうか。確かめずにはいられない。

机にむかって書きつらねた時間が、編集部の方がたの目、さらに校正者の疑問の視線を経て印刷所、製本所へとむかう。工場では、たくさんの手に大切にされて、取次会社から運ばれ、書店にならぶ。

多くのひとの助けを得て、一冊の本になる。表紙の名まえは、その一員の名にすぎない。たく

さんのひとたちの時間を頂戴している。どうか、無事に店内でお客さんの目にとまり、手にしてもらいたい。それを祈るしかできない。

そんな気持ちで書店にうかがい、おくの事務所を借りて署名をする。お店の方がたの忙しさをまのあたりにするひとときでもある。

朝いちばんがすいていています。そう聞いたところでは、朝いちばんから、電話がひっきりなしに鳴っていた。午前中は、朝刊の記事や広告に出た本の問いあわせが多いから、事務所には付箋紙のついた新聞が置いてあった。

お昼どきをすぎたあたりにうかがったところは、発注の電話をつぎつぎにかけていた。イベントに来る作家の本を、品切れのぶんまで揃えたいんです。熱心に在庫を問いあわせている。このうしろすがたを、イベントにいらっしゃる著者に見てもらいたいと思った。

笑顔で接客しましょう。さまざまな標語も貼ってある。事務所に、ほとんどひと気がないときもある。みなさん、売り場に出はらっているのは、忙しい昼休みの時間だった。

本をきかれ、棚を整理する手をとめ、対応しているところ。店内にない本を、コンピュータでさがしているところ。毎日大量の出版物が届く。打てば響くを求められている場所の緊張感を、内がわから見る。書店のみなさんの手をお借りするに、ふさわしい内容であったろうか。身がす

くみ、筆ペンがとまる。

署名を終えて、担当の方にあいさつすると、本の感想をいってくださる。目のまわるような忙しさのなかに、読書のひとときを作っていることにも、頭がさがる。エプロン姿の読み手から、見知らぬ読み手に届く。ボールペンの走り書きのある、しろい手の甲を見る。

机にむかっている時間は、手紙をびんにいれて、海に流すようなものと思っていた。書店にうかがい、旅に出る海の広さを知った。その船出には、確かな漕ぎ手がいることを知った。いまは、書店にうかがうのは、船出を見送りにいくことと、よく似ていると思っている。

昨秋、そういうおつきあいをしていた書店が閉店した。

店長さんとは、うかがううちに盃をくみかわす仲となった。新しい本が出ると、個性あふれる友人知人に紹介して、宣伝をしてくれる。

たくさんの署名本を引き受けてもらっていた。

彼女のひとがら、珍しい品ぞろえの店ということ、本の町を誇る神保町にあったことなどから、閉店をたくさんのひとが惜しみ、新聞の取材も来ていた。最終日は、閉店時間をすぎてもはひとであふれていたという。

ひと段落ついたころ、その日の話をうかがって、森がなくなったときのようだと思った。

土地がら、専門分野、熱意。このすべてをもってしても、存続がむずかしかった。頼るばかりで、なにも助けなかった。おおきな森のなかで安心して遊んでいるばかりで、その木陰には限りがあると気がつかずにいた。友人のために、森を守るようにと、体を張る運動を試みることもなかった。

ひとつこころで力をあわせ、この店の本をすべて買うことで、救えただろうか。ぐるぐると考え、本から、紙、木、森。視野がひろがり、かすむ。

それから、新聞の記事になることなく、シャッターをおろした書店のすがたを、指を折って思い出してみる。森のなかで遊ぶうち、町まちの書店が消えた。

駅前、商店街、大通り、学生街、交差点。男の子と待ちあわせをしたり、母が重たい婦人雑誌を配達してもらっていた店も、もうない。あんなにおおきな渋谷の町でも、大学時代にのぞいた店で残っているのは、もう二軒しかない。

そもそも、店が閉まるということに気づいた場所が、書店だった。下町の、坂のとちゅうにあった。

マンションの一階、駅ビルのうえの大型店より、近くに住むどうしが、雨の日に待ちあわせるのに都合がいい。

文庫本、参考書、雑誌、それからその町の本、近隣の町の本をそろえた棚があった。どちらかが遅刻をしても、この書棚のまえではのんびり待っている。タウン誌のあたらしいのが出ていれば、どちらかが買った。待ちあわせが週末ならば、「馬」を買った。競馬新聞が置いてあるのは、ありがたいことだった。

坂下のバスどおりには、古書店が三件と漫画の充実した新刊の人気店があって、こちらのほうは、よその町から遊びに来て、立ち読みをしているといった背なかが多かった。坂なかの店は、おじいさんおばあさんが、孫に絵本を買ってやるとか、ジャージーのズボンの若者が、となりのコインランドリーの洗たくが終わるのを待っているとか、普段着のひとたちが多かった。

店のご夫婦は、そのマンションのうえに住んでいて、ときどき電話をかけては、さっきの伝票さ、上にいってやるから置いといて、とか、ちょっと降りてきてよ。そんな声が耳にはいる。

五月の連休が近づく土曜日だった。このときは、待ちあわせではなく、競馬新聞を買いに行った。入ると、店のなかが雑然としている。書棚のまえの床に、取次会社のマークのついた段ボール箱が、いくつも置いてある。

雑誌の最新号は、どれも一冊きりならべてあって、残りは箱におさまっている。雑然とすいた棚がつづく。棚おろしかなと眺めると、ひとつだけ、そのままになっているところがある。岩

波文庫だった。棚のわきに、二割引きと貼ってある。あごをひき、上目で立つ。勤めていたころ、岩波文庫は、書店がすべて買い取って店にならべているのだと、くわしいひとに教わったことがある。

会計のまえの競馬新聞は、いつもの夕刊紙とおなじように、たっぷりと入っていた。これひとすじの予想紙「馬」をひきぬき、机におく。新聞があおいだちいさな風で、机のふちにセロテープで貼りつけた紙が揺れた。閉店のあいさつだった。三十八年続いた店は、本日五時をもって閉店とする。閉店三十分まえの店の、ただひとりの客になっていた。

なにかいおうとして、ことばが出ない。

新聞をわきにかかえ、もういちど一周する。新聞の釣りでなにか買いたい。料理のテキストブックを手にとる。それから、雑誌は返品できるのだからと書棚にもどして、岩波文庫のまえに立つ。

むずかしい題のまえでとまどうと、試験の時計の速さであわてる。けっきょく、高校のころ読んだ本を、二冊買った。

おじさんが、カバーをかけますかといった。お願いすると、木版画のカバーをかけてくれた。店に奥さんが入ってきて、会釈をされた。それから店のおくで、棚の本を箱に詰めていく。だ

んなさんが、奥さんに、明日には取りにきちゃうって。段ボールたりないなら、そのとき持ってくるって。そういったのを背に聞きながら、おもてに出た。

その日から五年、ことし「馬」は廃刊になり、いまは本や雑誌にかかわり、暮らしている。足もとを見る。

一本の木なのだろうか、森のなかのひょろついた一本だろうか、日かげの苔だろうか。ひとつひとつ近づくと、影のようにまわりこみ、逃げていく。全体もひとりも、つかみどころがない。作るひとも、売るひとも、買うひとも、膨大に増えつづける本の速度に、気持ちもからだも追いつけなくなっている。

森が消えていくときとおなじように、立ちつくす。

森があったことを語り継ぐだけになっては、いけない。そのことだけ、わかっている。

バイバイハイボール

このあいだ、旅さきでハイボールを飲んだ。三年まえおなじ店にはいったことがあった。扉をあけると、カウンターのなかには、若い男のひとがいる。

ハイジが住んでいそうな山小屋風の店は、駅に近く、店のなかが明るい。奥におおきい窓がある。零時すぎに出る寝台車を待つあいだも、安心して飲める。

つぎはいつ来るかもわからない三年ぶりの客だから、おじいさんはどうしましたと聞かない。パイプの蒐集は、変わらず山となっていたし、音楽もがらりと今ふうになったりしていない。変わったところは、熱いおしぼりが、ハッカの香りがしてうれしい。

なによりハイボールがおいしかったから、このたびこの店を、あらためて好きになった。

雑に作れば底なしにまずくなり、気どりすぎれば嫌味になる。このごろは、ハイボールといって、ウィスキーの銘柄を聞かれる。国産のウィスキーを置いていない店も多い。作るほうも飲むほうも、ありきたりほど、むずかしい。

熟練バーテンダーの店に行くと、色のついた甘みを感じることがある。甘いお菓子を食べるの

は苦手なのに、シロップのような香りをよろこぶ。懐かしさが、そうさせる。

軽やかに甘く、レモン一枚浮かんでいる。二周混ぜただけだったのに、さわやかにたちのぼる。

さきの客に、若い女のひとが本を読んでいる。しばらくして、友だちがはいってきた。

おじいさんがはいってくると、若いひとはすぐに地名を冠した夕刊をわたし、南京豆とビールがならんだ。だまって出てくるのがうれしいのか、あっというまに飲みほし、つまらない駄洒落(だじゃれ)をひとつ。それから、チーズとハイボールといった。

おじいさんが、つまようじを持つ。三角チーズの淡いきいろが、目のはしでぼんやりする。ハイボールとの相性のよさといっしょに、この数年のもろもろを、行きつ戻りつ思い出して二杯ぶん酔った。いい幕引きにしてもらって、寝台車で帰ってきた。


御茶ノ水は降りることが多い駅で、はじめての本を出していただいた会社がある。

聖橋口の改札を出てすぐ、立ち食いそばやからの店つづきあたりで、待ちあわせをすることが多い。ここのマスターのハイボールは、天下一品だぜ。そう誘われ、連れていってもらったバーも、そのならびにあった。

うなぎの寝床の二階建てで、入口はすこし引っこんでいて、うっかりすると覚えてからも通り

すぎてしまう。ちいさな看板が、ぶらさがっていた。

一階はカウンターだけ、天井のひくい二階にはテーブルがあった。顔なじみのひとと行くときは、一階に肩をならべ、そうでないときは、注文してからあがった。のぼる手間を遠慮して、コップ持って行きますというと、いいからあがってな。あごをしゃくりあげられた。

しろいシャツにベストの、おおがらなマスターは、若いころはさぞやもてた。ぼさぼさなのか、わざとなのか、すてきなくせ毛は、フランスの名優のようだった。造作のりっぱな顔で、もくもくと酒をつくる。

ただでさえ下の唇がぶ厚くて愛想なしに見えるのに、こんなにぶすったれていて、商売になっている。そんなひとは、家元立川談志師匠と、ここのおじさんくらいと思いながら、シロップ入りハイボールを待つ。

おじさんと若いお客と見くらべれば、ワイシャツで働く姿にも年季が出ると、よくよくわかる。不機嫌がスタイルなのに、お客の冗談でほろりとくずれてしまう。そのうっかりした一瞬が見たくて、毎日通ってきては、にぎやかにするひとたちがいる。

脚の長い丸椅子に、尻をひっかけているひと。立ったままのひと。カウンターには、可憐な花がいけてある。となりのひとが、おじさんのファンが届けにくるんだよと教えてくれた。ひと

くちめで、ファンが花を捧げたくなる気持ちがよくわかった。本人は聞こえぬふりで、なんにもいわない。しろい皿に三角チーズ、波がたのナイフで切ったしかくいチーズ、まるいレーズンバターとクラッカーをのせ、ハイボールのとなりにすとんと置いた。

毎日決めた時間に、決まったぶん酔って帰る。改札のすぐとなりだから、終電に乗り遅れる心配もない。

なじみのひとたちは、近くの会社に勤めていることしか知らない。毎日行く店ほど、ブチョウさん、お兄さんと呼びあって、それではまたと帰っていく。おとなの駄菓子やは、それくらい知りあっていればじゅうぶんだった。

あるじのほうも、常連といったって、名まえなんか知らないよ。ぷいと口をとがらしている。言いたいようにからかわれておいて、手がすいたらひとことでやり返す。おかわりと頼むと、まだ飲むのか。そんな顔で見られ、ひやひやしながら飲むくらいがちょうどいい間がらだった。

一階のにぎわいは楽しく、二階には絶景があった。

つきあたりの窓から、御茶ノ水駅のホームが見おろせた。

金網に、からすうりや昼顔の蔦がからまっている。線路におりていく青草の土手のしたを、ホームの細長い蛍光灯がふちどる。

ひとの立っているすぐうしろの深い堀のみなもに、しろい光が反射している。ホームにいるひとは、だれもあぶなげな土手のふちに立っていることを、怖がっていない。オレンジや、きいろい電車に乗りこんでいく。

氷を指でつつきながら、ながめて飽きなかった。雨の日はことに好きで、待ちあわせより早くきて陣どり、ぼんやりしていた。

ごちそうになるにも、気が楽だった。二杯でうっすら酔って、チーズをかじって、千円でおつりが来た。

おじさんは、髪がくろぐろしているものの、七十はすぎている。

ときどき、風邪をひいた、怪我をしたと、きゅうに休むことがある。

なんの貼り紙もしない。そのつれなさが、かえって愛される。そういうひとだったから、おとし、寒くなっていくころも、またかと帰った。扉はしまっていた。

それが、冬本番になり、二度三度と来てみても、扉は開かない。わずかなすきまにチラシや郵便がはさまって、こぼれている。

なじみのひとに聞いてみても、事情はわからなかった。つぎに行ったときに、散らかっていたチラシがなくなっていた。わずかな変化に期待をして、待っていた。

そのまま、年があけた。

倒れて入院したらしい。床についたきりになったらしい。

連れて行ってくれたひとが、教えてくれた。なじみどうしが、べつの店で顔をあわせて、きいたといった。店は、もうだめだろうといった。

それから、去年の連休ごろまで、店はそのままあった。御茶ノ水にくるたび、もしやもしやと見に行って、がっかりした。あの店のなじみのひとたちが、どこに流れていったか知らない。駅前のおでんの屋台のあたりかと聖橋のたもとを歩いてみても、はやい時間で屋台はなかった。

ならびの喫茶店に入ってみると、奥の窓ぎわの席にすわれた。メニューにハイボールがあって、うれしい。

飲むと、背なかがもたれている壁を気にする。すぐとなりの、がらんどうのカウンターの気配をしょって飲む。喫茶店の窓はおおきく、見はらしもずっとすがすがしいのに、気持ちは浮いてこなかった。

麦わらぼうしをかぶっていたから、夏の暑い日だった。改装工事の現場に通りがかったとき、おじさんに会うことはもうないとわかった。養生して、なるべく長く生きてください。胸のうちの目を閉じ、すぎた。

伊達男のおじさんに、さようならはしめっぽい。あばよは気どりすぎている。じゃあ、バイバイ。駄菓子やは、そうやって帰ったものだった。うなぎの寝床は、いまはカレーショップになっている。

道行くひとがすぎるような店だったのだから、旅さきのバーのように、若いひとに引き受けてもらえたらと思ってはいけない。

カレーの店でも、二階にあがれば駅が見えるのかもしれない。そのうちと思って、もう一年がすぎている。

熱心に通ったひとならば、その後の話しをご存知かもしれない。

知ってもなんにもできないから追いかけない。昔の友だちの消息を聞くような、体温のある重さを、いつまでもしょえない。

三年すぎた。事情はそれぞれで、ひとは地球といっしょにまわっている。おなじ場所にいても、ときとともに移り住んでいて、そのときとおなじようには再会できない。歩み寄る場所がないなら、近づかない。

酒場の記憶は、教室の思い出とはちがうから、だれかとわかちあわなくてもいい。冷淡も情けのうちと、聞かずにいる。

それでも、かわいらしい店の、由来くらい聞いておけばよかった。
よその町でおいしいハイボールを飲むたび、のどがぴりぴりと思い出す。
このあいだ、雨の似あうはずと気がついた。店は、まいまいつぶろといった。

文字の母

昨年の、夏のはじめのことだった。

ながくお世話になっている方から、イワタ活字販売株式会社を見学に行きませんかと、声をかけていただいた。

会社は存続するものの、事業の都合により、製造工場を閉鎖することになった。

本にかかわって仕事をしていくのなら、見ておいたほうがよい場所と思いますと、誘ってくださった。

新入社員の、ほんの短い期間、編集の仕事の使い走りをしていたことがある。

デザイン事務所、版下製作所、印刷会社を三角形に、茶封筒をかかえて走りまわっていた。そのころは、まだバイク便、自転車便は見かけなかった。

……本文は、イワタのホソミンにしてください。

デザイナーの方からの指定を、習わぬ経のように、写植担当の方や印刷会社の方に伝えていた。

イワタの細い明朝体という活字を使うということと知ったのは、ずいぶんたってからだった。

文芸書や学術書の本文にもちいることが多かったと、記憶している。

作っていた本は、辞書や辞典についての随筆集だったり、論文集だった。できあがり、ページをめくると、きりりとした文字たちが、すがすがしくならんでいた。

大森の工場につくと、機械の動いている音がした。きょう限りと聞いていたのに、引っ越しやあとかたづけのあわただしさは、まだなかった。

二階建ての建物から、髙内一さんが出ていらした。

見学の解説をしてくださる髙内さんは、株式会社岩田母型製造所の二代目社長で、平成十五年に七十六歳で、現役を引退された。現在は、活字研究会の委員をなさっている。

イワタ活字販売株式会社の前身、岩田母型製造所は大正九年、初代の岩田百蔵（ひゃくぞう）社長により創業された。昭和三十年代の最盛期には、母型（活字を作る金属の型）の平均生産量は、ベントン母型、パンチ母型、電胎母型を合わせて、年間三千六百万本に達している。

関東地方に二十以上あった母型製造業の会社は、現在はひとつも残っていない。社史を残しているところもなかった。

そこで、二〇〇五年より、武蔵野美術大学の横溝健志教授を会長に、岩田母型製造所のOB、

研究者のみなさんが集い、活字研究会が発足し、定期的に会議をおこない社史刊行の準備をすすめている。

明治二年、日本における活版印刷は、オランダ語通訳であった本木昌造により伝えられた。明治時代から今日まで伝えられた、生きた歴史を残すという、おおきな役割がある。

髙内さんは、昭和二十二年、株式会社として法人化した岩田母型製造所に入社した。入社三年めから、国産のベントン式彫刻機を導入し、いらい、母型製作をお続けになった。ベントン式彫刻機が導入されるまえは、一文字ずつ手作業で活字を彫っていく地金彫りの職人さんたちが活躍していた。

職人の仕事は年季奉公のきびしいものだった。師匠は、新入りに手とり足とり教えるということはしなかった。

奉公は、まず拭き掃除からはじめた。教わるのではなく、技を盗んでいくものだった。修行中は、こぶしの飛ぶこともたびたびだった。

ベントン式彫刻機には機械操作のマニュアルがあったものの、母型製造業者に適応する合理的なマニュアルはなかった。髙内さんは、それぞれの会社が創意工夫のうえ、独自に開発しましたと説明された。

世界の活字、日本の活字の話をいろいろうかがった。

関東と関西でも、書体は違う。全国の岩田書体は全国シェアの六五パーセントを占め、残りの三五パーセントが関西の書体が使われていた。

関東はふところが狭く、ひきしまった勢いがある文字という特徴がある。それに対して、ふところをできるだけ広く使うのが関西流で、おなじおおきさの活字でも、関西のほうがおおきく、ゆったりと見える。

天地左右が平均、対称の文字は、約二インチ四方の枠の中心にすえられる。非対称のものは、重心をどこに置くかということを考えなくてはいけない。

また、漢字とひらがなの大きさの比率というものもある。高内さんは、漢字が百パーセントに対して、かなが八五パーセントという大きさが、読みやすいとおっしゃった。

かつては、縦組みの文章が八割をしめていたから、文字も縦組みが見やすいように設計されていた。元気のいい、張りのいい関東の文字は、横組みにすると流れにややばらつきができて、読みづらいことがある。比較的に関西のほうが、横組みに適しているといえる。

めぐらせてみると、読みにくい文字は、たしかに目が疲れる。文字は、きわめて主観的に見られるもので、好き嫌いのあらわれるものと知った。

高内さんのお話になることのぜんぶが、はじめてうかがうことばかりだった。原稿を書くだけで、活字にかかわる仕事などと、ぜったい口にしてはいけない。肝によくよく銘じた。

書体原字（原版をつくるまえの状態）は、デザイナーが三人ひと組で、一日に二十五文字のペースでしあげていった。

まずはじめに、デザイナー（以下D）Aのひとが、枠の入ったトレーシングペーパーに、えんぴつで文字の骨格をフリーハンドでかいていく。

岩田書体の本文用文字のもととなったのは秀英体という活字で、見出し用の文字には、これにむいた築地書体をベースとして、秀英体のすぐれた部分もとり入れた設計となった。

DAは、専用の規格用紙に字体の流れをつかんで肉付けをして、えんぴつで清書し、DBのひとにひきつぐ。

DBは、そのえんぴつで清書した文字に、烏口やカーブ定規を駆使して、墨で輪郭どりをする。つづいて、DCが墨の濃淡がないように、なかを塗りつぶす。

DCの作業がすむと、DAのひとに戻す。そしてDAのひとが完成チェックをする。

もっとも技術、経験のあるひとがDAを担当し、能力給にもABCの順で差があった。

ＤＡ、ＤＢのひとは、明朝体、ゴチック体と各自が担当する文字が決まっているが、塗りつぶす仕事のＤＣのひとは、すべての文字を担当する。

経験も技術も浅いＤＣのひとは、ＤＡ、ＤＢの仕事に接しながら、じぶんも早くＤＡ、ＤＢに昇格したいと、勉強していったという。

三人のチェックがすむと、さらに社内にいる三人の評論家のチェックがはいる。

勢いがない、冷たい感じがする、幾何学的だ。いわれるたび、フリーハンドでカーブをなおす。定規を使うと、さらに冷たい感じになってしまうからだった。

とはいえ、各自が自由な線ばかりを作れば、文字に統一性がなくなる。カーブは個性のでる場所で、共通した線を描くために、エレメントとよばれる、カーブやはね、はらいなどの統一規定があり、それにしたがって作業をする。

そこからさらに、文字を集めたり、拡大縮小をして、粗(あら)をさがしていく。

高内さんは、活字は、縮小されるときに、粗が見えやすく、拡大したほうが見つかりにくいとおっしゃった。これは、素人には、なんとなく矛盾しているようにもきこえた。

完成した原字を、二百文字単位で模造紙に貼り、文字のバランスと大きさ太さのばらつきを比較する。縮小してのぞけるカメラを用いて、確かめる。

そして、原字を亜鉛版にじかに焼きつけ、文字の部分を腐蝕させる。ようやく原版ができあがる。それを、ベントン式彫刻機にかける。機械が彫刻して、母型ができあがる。

活字は、ひらがなカタカナ、漢字。使用頻度の高いものから注文がある。

ベントン式彫刻機の導入にあたり、それまでの地金彫りの活字と混ぜて版を組んでも、遜色のないものを作らなくてはならないところに、苦労があった。

ベントン式彫刻機は、国産機の一号機、二号機が大日本印刷に、そのつぎの三号機、四号機が毎日新聞社に導入された。

高内さんは、毎日新聞社を見に行き、すぐに、これからの技術として最低二台は入れないといけないと、社長さんを説得した。機械は、当時八十五万円もする高価なものだった。

熱心な説得により、導入されると、製造所に寝泊りするようになった。技術者としての仕事だけでなく、営業や接待の仕事もなさった。

一九五二（昭和二十七）年に、二階建ての工場ができ、イワタの業務は拡大された。ベントンは十台に増えた。

パターン（原版）を機械のテーブルに装着して、彫刻カッターを順番に四回変えながら、文字

を削っていくと、原寸の母型ができあがる。モーターは、一分間に実動八千回転している。

高内さんの説明を受け、一階におりていくと、耳栓をして作業をしている方がいらした。クレジットカードのエンボス（凹凸のある文字の部分）につかう数字、アルファベット、カタカナなどの活字、自動包装機メーカーからの注文で、食品関係の賞味期限、消費期限などの表示用に使用する凹凸の活字を製造していた。できるところを、すぐそばで見せていただいた。

工場には、三人のひとが、きのうまでと何も変わらない様子で作業を続けていた。となりの部屋からラジオがきこえ、柱についている扇風機がまわり、あちこちの貼り紙がふわりと浮く。

暦のよこには、理想の社員という箇条書きがあった。

一、　健康である人
一、　仕事に積極的で熱意のある人
一、　責任感のつよい人
一、　まじめに仕事をし、だれからも信頼される人
一、　創意工夫して、つねに改善につとめる人
一、　どんなことでもイヤな顔をせず仕事をやりとげる人

一、　仕事に自信をもち質問に対して満足に答えてくれる人
一、　適時適切に報告して、積極的に意見を申し出る人
一、　人の和を考え、協調性のある人

　高内さんは、工場の閉鎖は、時代の要求の流れですとおっしゃった。印刷の世界は、活版から写植へと移り、さらにコンピュータが導入された。情報の伝達様式が、急速に変化した。

　文字を作る仕事も、地金彫りの職人からベントン式彫刻機をへて、コンピュータのことがわかり、なおかつ文字のこともわかるひとで構成されるようになり、完全にデジタル化された。

　昭和六十年ごろ、デジタル文字の開発当時は、一文字三、〇〇〇円から三、五〇〇円だった。これをＪＩＳ規格の七、七〇〇字の文字データとして、そろえて販売した。

　その収入が、つぎの新しい書体を開発する費用となっていた。現在の価格では、新しい文字を開発する費用を捻出することは、難しいのではないかと高内さんはおっしゃった。

　文字が、母型からひとり立ちしていく。はからずも、母という文字を使う。

　……明日からは、がちゃがちゃになるから、持っていってもいいよ。

　作業の手を休めた方に、文撰箱に入ったアルファベットのひとそろいをいただいた。

ちいさなひとそろいは、思ったよりもずっと重かった。

いただいた活字は、活版印刷で作品を制作している方に使っていただくことにした。

作品展にいったとき、この作品のなかにこのあいだの文字がありますと教わり、うれしかった。

そして、大森の工場にあった、たくさんの活字が、いまはどこにあるのだろうかと気にかかる。

近年、活版印刷は、若いひとにとても人気がある。高内さんたちは、日々資料の整理と編纂に追われていらっしゃる。

コンピュータの導入により、印刷、出版の世界はおおきく変わった。その流れの音をおぼろげにきいていたのに、明日から解体にかかる工場で、なにも見聞きしていなかったとわかる。布をかけられ、しんとならんでいるベントン式彫刻機のとなりで、時計のふっととまる、その瞬間を見るような目と耳で、立っていた。

工場が休止したのち、活字研究会の活動の一環で、最後の地金彫り職人の清水金之助さんの実技を見学させていただいた。会場には、若いひとがたくさん集まり、清水さんをかこみ、熱心に手もとを見ながら質問をしていた。

この夏、高内さんに資料を見せていただきながら、あらためてお話をうかがう機をいただいた。会社としては存続しているのだから、ほんとうは店じまいではない。

お詫びを申しあげると、金属活字としては店じまいですからと、お許しいただいた。初歩的な質問に、長い時間ていねいに質問に答えてくださった。

活字を貝塚のように、土に埋めてはいけない。そう思うひとは、まだまだたくさんいる。

あとがき

町にいて、閉店あいさつの貼り紙に気づく。この数年、毎日のようにシャッターのまえに立ちどまる。

……どうしたのかしらねえ。

ならんで読んでいたひとが、ひとことつぶやき、はなれていく。胸うちで、ほんとうに。見送り、店のなかの知った顔、知らないままとなった縁を思い、また歩く。

子どものころは、おつかいと買いものに、はっきりした違いがあった。

おつかいは、毎日の手伝いのことだった。買いものは、とびきりの特別だった。じぶんの裁量で手に入れられるものは、駄菓子と画用紙くらいだった。

がまぐちを開くたび、ちいさな金の鈴が鳴る。

なかみは、すこし増えたものの、軽くささやかな音色は、真剣勝負のおつかいを頼まれたり、悩みに悩んで消しゴムを選んでいたころと変わらない。

ちいさな鈴は、きょうの散歩道と記憶の商店街のあいだを、ちりんちりん。がまぐちを開くた

び、行きつもどりつしている。

縁起の悪い題をつけることに、原稿を手ばなすいまも迷いがある。お目にかかり、お話をうかがった方がたは、失礼な野次馬にいやな顔をなさらず、お忙しい時間を割いてくださった。

共通していたのは、みなさんが、はればれとした笑い顔を見せてくださった。視線のさきは、もう閉店翌日をむいていた。後日、思いもよらぬ転身をうかがい、拍手喝さいすること、たびたびだった。

しめたから、はじめられる。このたびのご縁で、いちばん教わったことと思う。

一冊になるまで、支えてくださったみなさまに、こころより御礼申し上げます。

この原稿を書きためるあいだ、会社づとめを辞めた。

これから、なにしようか。

空は、日ごと高くなる。

二〇〇八年　秋

石田千

著者略歴

石田千（いしだ・せん）

一九六八年福島県生まれ、東京育ち。

國學院大學文学部卒業。

二〇〇一年「大踏切書店のこと」で第一回古本小説大賞を受賞。

著書に、『月と菓子パン』（晶文社）、『踏切趣味』『屋上がえり』（以上、筑摩書房）、『ぽっぺん』（新潮社）、『部屋にて』（角川書店）、『白い虹』（KKベストセラーズ）、『山のぼりおり』（山と溪谷社）、『踏切みやげ』（平凡社）がある。

店じまい

二〇〇八年 九 月一五日 印刷
二〇〇八年一〇月 五 日 発行

著 者 © 石 田 千
発行者 川 村 雅 之
印刷所 株式会社 三 陽 社
発行所 株式会社 白 水 社

東京都千代田区神田小川町三の二四
電話 営業部〇三（三二九一）七八一一
編集部〇三（三二九一）七八二一
振替 〇〇一九〇・五・三三二二八
郵便番号 一〇一・〇〇五二
http://www.hakusuisha.co.jp
乱丁・落丁本は、送料小社負担にてお取り替えいたします。

松岳社（株）青木製本所

ISBN978-4-560-03178-0

Printed in Japan